GC NOVELS
三嶋与夢
イラスト／孟達
乙女ゲー世界は
THE WORLD OF OTOME GAMES IS A TOUGH FOR MOBS.
モブに厳しい世界です
08

『あの――私からもお伝えしたいことがあるんです』
ガチャリと音を立ててテーブルに置かれたのは、鎖が付いた首輪だった。
ニックスは一瞬だけ、昨日の首輪を自分が置き忘れたのかと思って――そこでドロテアが首輪を持っているのがおかしいことに気付いた。
ドロテア

そして二つの首輪の内、一つをドロテアが自分の首に装着する。
ニックス

「捕まえたぞ、お兄様。遊んでくれないと暴れるにゃ〜」
「待っていましたワン、お兄ちゃん」

乙女ゲー世界は
THE WORLD OF OTOME GAMES IS A TOUGH FOR MOBS.
08
モブに厳しい世界です

CONTENTS

THE WORLD OF OTOME GAMES IS A TOUGH FOR MOBS.

プロローグ

人間は後悔する生き物だ。

あの時、あの場所で違う行動をしていれば——何度考えたところで結果は変わらないのに、クヨクヨと考えてしまう。

結局、失敗を繰り返さないようにするのが精々だ。

ただし、凡人の俺【リオン・フォウ・バルトファルト】には、同じ失敗を繰り返さないというのも難しいようだ。

「こんなことになるなんて」

『自業自得ですね』

今日も相棒の【ルクシオン】が、落ち込む俺に追撃の言葉を投げかけてきた。

こいつは普段から俺に冷たい奴だ。

俺たちがいる場所は、ホルファート王国の港だ。

王都近くの上空にある浮島で、飛行船の発着が行われている。

朝から飛行船が出入りを繰り返し、人が大勢行き交っている。

警笛の音や人の大声が聞こえ、騒がしさに包まれていた。

どうして俺が港に来ているのか？

それは、これから実家に半ば強制的に送還されるためだ。

「リオン、お前は頑張りすぎだ。出世をして忙しい身だと理解はするが、それでも休める時に休まなければいつか倒れてしまうぞ」

「心配しすぎじゃないかな？」

「本人に自覚がないのが、余計に問題だな」

輝くような金髪の持ち主【アンジェリカ・ラファ・レッドグレイブ】は、責めるような、それでいて心配するような表情を俺に向けている。

長い髪を編み込んでまとめ、赤を基調としたドレス姿だ。

胸から腰の辺りは体のラインが分かるような作りになっており、本人の大きな胸と引き締まった腰が服の上からでもよく分かる。

春休みが終われば俺もアンジェも最上級生になる。

入学当初に比べれば、俺は身長も伸びて体格もよくなった。

アンジェはより大人の魅力を身につけたように見える。

そんなアンジェの後ろには、旅行鞄を持ったレッドグレイブ家のメイドさんたちが控えていた。

その中にはアルゼル共和国でお世話になった【コーデリア・フォウ・イーストン】の姿もある。

眼鏡をかけた知的な年上の美女は、今日も冷たい表情を俺に向けていた。きっと「お嬢様を困らせやがって」と、内心で俺のことを非難しているのだろう。

コーデリアさんは俺のことが嫌いだからな。

大事な主人の娘であるアンジェがいながら、共和国で更に結婚相手を増やした俺に対して思うところがあるのだろう。

これに関しては、俺には何も言い返せないので甘んじてコーデリアさんの態度を受け入れておこう。

多少当たりはきついが、基本的に仕事はこなすから迷惑にもならない。

その辺はコーデリアさんも大人ということか。

そして、亜麻色の髪を風に揺らしながら、俺の方を見て悲しそうにしている少女がいた。

いや、もう少女ではなく女性だろう。

優しい雰囲気の中にも、芯の強さを持ち始めた【オリヴィア】は、俺の身を案じている。

「リオンさんには休暇が必要です。色々と忙しいのは理解していますけど、今は実家に戻って体を休めてください」

婚約者二人に言われて、俺は王都から実家の田舎に戻ろうとしていた。

と言うよりも、連れ戻されると言った方が正しいだろうか？

「本当に心配することないんだけど」

右手で顔を押さえる俺は、どうして二人がこんなにも俺を心配するのか——その理由を思い出す。

それは数日前の出来事だった。

「ローランドの野郎、絶対に許さねーぞ！　ルクシオン、あいつの弱みを握れ。何でもいい。利用できる弱みを見つけて、ミレーヌ様にチクってやる」

『弱みを握ってやることが、ただのチクリですか？　本当に器が小さいですね』

「そんな自分が俺は嫌いじゃない。せこくていい。器が小さくてもいい。だが、ローランドにだけは絶対に仕返しすると決めた」

『クレアーレが何か情報を握っているはずですよ』

「あいつの報告が楽しみだな」

留学から戻ってきた俺は、意味不明なことに侯爵――そして、三位上というとんでもなく高い階位に昇進してしまった。

ホルファート王国で伯爵より上は、王族やその近しい関係者にしか与えられない爵位だ。

階位の三位上も、王族に関係なければいくら功績を挙げようと出世できない階位だ。

ローランドの野郎は、その二つを俺に押しつけやがった。

理由はアルゼル共和国での活躍云々と、アンジェと結婚するならお前も将来は王族の一員だ！　という、とんでもない理論で無理矢理昇進させやがった。

確かに俺の婚約者であるアンジェは、公爵家出身で一応は王位継承権が存在する。

もっとも、アンジェまで王位が回ってくるような状況は、基本的にあり得ない。あったとしたら、国の一大事か何かだろう。

ただ、アンジェと結婚したからと言って、簡単に公爵になれるならば苦労はない。

本来ならば、王国は俺が侯爵に出世するのを渋る立場だ。

つまり、本当ならあり得ない話だった。

それをローランドの陰険野郎が、俺を強引に出世させた。

何が悲しいって、あいつにそれだけの政治力があったことだ。

本人曰く、他の貴族たちの弱みを一つや二つは常に握っているそうだ。

普段不真面目なくせに、こういう時だけ有能ぶりを発揮するから腹が立つ。

おまけに、五馬鹿を俺の寄子（よりこ）として派遣すると言い出しやがった。

マリエたちの面倒を公式に見る立場になってしまい、気分は最悪だ。

あいつらは関係ない立場で見ているから楽しいのであって、責任を押しつけられる立場であればまったく笑えない。

出世よりも、あいつらを押しつけられたのが腹立たしいくらいだ。

ユリウスなんか、他四人が俺の部下になると「寂しいから俺もそっちに行く」と言いだした。あいつは本当に王子としての自覚があるのだろうか？

——ないな。あったらこんな酷い結果になどなっていない。

とにかく、俺は正式にマリエと愉快な仲間たちを押しつけられてしまった。

ローランドを困らせようと、アルゼル共和国で暴れ回った結果がこれだ。

どうして俺は——何度も同じ失敗を繰り返すのだろうか？

宿屋のベッドに横になった俺は、ルクシオンとの雑談に戻る。

「アンジェやリビアもこっちに来るんだっけ？」

『はい。式典は春休みの最終日ですが、色々と準備もありますからね』

「判断に困る時は、アンジェに助けてもらえるな」

『格式のある式典やパーティーでは、貴族社会の知識が豊富なアンジェリカの存在は確かに大きいですね』

「本当に助かるよ。俺、最低限の礼儀しか覚えてないし」

『これを機会に覚えてくださいね。そうしないと、いずれ恥をかきますよ』

「恥云々の前に、この状態が罰ゲームだろ？　何をどうすれば、貧乏男爵家の三男坊が、たったの二年でここまで出世するよ？　気付けば、〝次男坊〟で侯爵様だ。おまけに、マリエたちの面倒まで見ることになったんだぞ」

『それにはピッタリの言葉がありますね。マスターの〝自業自得〟ですよ』

学園に入学して二年が過ぎた。

その間に色々とあって、長兄のルトアートが家族ではなくなった。

三男の俺が次男に繰り上がり、そして長兄は実兄の【ニックス】だ。

俺の実家であるバルトファルト男爵家は、嫡男になったニックスが継ぐことになる。

そして俺は独立して侯爵様だ。

領地もなければ王宮の役職もない無職の侯爵だけどな。

実入りはないのに、無駄に立場だけがあるという厄介な状態だ。

——随分と濃い数年を過ごしたな。

「俺は無我夢中で目の前のことに対処しただけなのにね」

『物は言いようですね。目の前の問題に気付きながら理由を付けて放置し、手遅れになったら強引な方法で解決してきただけではありませんか？』

本当にこいつは痛いところばかり突く。

「お前は本当に可愛げがないな。それより、薬をくれよ」

会話を切り上げ、そろそろ眠ろうと考えた俺はルクシオンに薬を求める。

『睡眠導入剤ですか？　本日は普段よりも疲れているので、薬を使わずに眠れると思いますが？』

「最近不眠症だからな。心配だからくれよ」

疲れていても眠れない時がある。

眠れたとしても、眠りが浅くて結局寝不足になることもある。

それなら、最初から薬を飲んで寝ればいい。

『——ラウルト家のために、マスターがセルジュを撃ったのが原因です。あの場はアルベルクに任せるべきでした』

「人殺しに慣れている俺の方が向いていただけだ」

異世界に来て戦争に巻き込まれること数回。

その間に、大勢の命をこの手で奪ってきた。

今更、一人二人殺す人数が増えたところで、俺の罪の大きさは変わらないだろう。

『自ら銃で人を殺したのは初めてではありませんか？　鎧に乗っていた時よりも、殺しを実感したはずです。余計なことをせず、アルベルクに任せるべきでした。マスターは判断を間違えました』

「別にいいだろ」

『いいえ、駄目です。そのために精神的な負担をマスターが背負ってしまいました。マスターはもっと自分を大切にするべきです』

「なら大丈夫だ。俺は自分が大好きだし、他人よりも自分を優先できる」

『本当に口だけはよく回りますね。おまけに嘘が得意で手に負えません』

呆れを表現するために、ルクシオンはわざわざ赤いレンズを横に振って見せてくる。

よく見る姿だが、そのせいか横にレンズを振る仕草が段々とこなれてきた気がする。

「いいから薬を寄越せ」

『拒否します』

「出せよ」

『嫌です』

「命令だ。薬を出せ」

『マスターの健康状態を考慮し、拒否権を行使させていただきます。今夜は自分の過ちを反省してはいかがです？』

「ぐっすり寝たらいくらでも反省してやるよ！　いいから、さっさと薬を渡せって！」

両手でルクシオンの球体ボディーを掴んでやると、抵抗して暴れ回る。

そのままバタバタと部屋の中で暴れ回っていたら——急にドアが開いた。

「リオンさん——何をしているんですか？」

青ざめた表情のリビアが、俺たちを見て深刻そうに立っていた。

「リビア!?　ど、どうしてここに？」

「迷惑だと思ったんですけど、リオンさんに会いたくて——それより、どうしてルク君と喧嘩しているんですか？」

「こ、これは違うんだ。ルクシオンが言うことを聞かないから、ちょっとお灸を据えてやろうと思って」

急に現れたリビアに咄嗟に言い訳をするが、どうやら俺たちの会話を聞かれていたらしい。

「さっき薬がどうとか言っていませんでしたか？」

タイミング悪く、薬と騒いでいたのを聞かれてしまった。

「大丈夫。よく眠れる薬が欲しいだけだから。リビアが心配するようなことは何もないんだ。ほ、本当だよ」

両手でしっかりルクシオンを握り、逃がさないようにしつつリビアに微笑みかける。

だが、そんな俺の努力も無意味だった。

俺が言い訳をすればするほど、リビアは余計に不安がる。

「リオンさん、眠れないんですか？　だから薬でごまかして——」

俺を心配したリビアが、瞳を潤ませて今にも泣きそうになっている。

「本当に大丈夫だから！　今のも冗談のやり取りというか、そもそも俺とルクシオンは普段からこんな感じだし！」

ちょっとじゃれ合ったような感覚だったのだが、第三者から見れば本気で「薬だ、薬を出せ！」と騒いでいるように聞こえたのだろうか？

ルクシオンに視線を向けると、赤いレンズが妖しく僅かに光った。

「お前からも何とか言えよ。今の話は冗談です、ってお前が言えば丸く収まるんだよ！」

小声でルクシオンに助けを求めるが、なんとマスターである俺を裏切る。

『オリヴィア、現在のマスターは精神的に危険な状況にあります。私からも休息を取るように進言しているのですが、聞き入れてくれません』

「何でお前は平気でマスターを裏切るの!?」

『見解の違いですね。私は裏切ったと思っていません』

「そうやって人工知能は人を裏切るんだな。自分に都合のいい言い訳ばかりして、お前は駄目な大人かよ！」

『おや、自己紹介ですか？　それよりも、オリヴィアの相手をするべきではありませんか？』

ルクシオンに従うのはしゃくだが、俺は視線を恐る恐るリビアに向けた。

泣きそうなリビアが涙を指先で拭い、表情を引き締める。

「もっと早くに気付くべきでした。すぐにアンジェとも相談します。リオンさん、しばらくは心と体を休めてもらいますからね」

有無を言わさず休ませるという決意を見せるリビアの後ろから、アンジェが現れる。

「その必要はない。お前たちの話は廊下まで聞こえていたからな。――リオン、お前はすぐに実家に戻って休め」

「え？　いや、本当に大丈夫なんだけど――」

「いいから休め！　――無理ばかりして、この馬鹿者が」

アンジェまで俺を強引に休ませると言い出し、何故か思い詰めた顔をしていた。

――え？　これって本当に実家に戻るの？

これから忙しくなるのに!?

◇

「この裏切り者」

目を細めてルクシオンに視線を向ければ、本人はわざとレンズを俺からそらした。

『マスターには休養が必要です』

「これから忙しくなるってお前も知っていただろうが！　春休み中に色々とやっておきたかったのに」

そう――俺はこれから忙しくなる予定だった。

あの乙女ゲー三作目の舞台は、アルゼル共和国の学院からホルファート王国の学園に戻る。

三作目の開始前に攻略対象の情報はもちろんだが、主人公となる女の子についても調べる予定だった。

シナリオをマリエと確認し、その後に段取りを組むことも考えていた。

そして、俺たち以外の転生者がいないかも詳しく調べるつもりだった。

——共和国でのような失敗を繰り返さないためだ。

それなのに、ルクシオンは俺を実家に戻そうとする。

この大事な時期にいったい何を考えているのだろうか？

ルクシオンを睨んでいると、横から声をかけられた。

相手はルクシオンと同じ人工知能の【クレアーレ】だ。

ルクシオンと同じ球体子機を持っているが、白色でレンズは青い。

色違いでルクシオンと判別できるようになっているが、姿は似ていてもその性格はまるで違う。

小言や嫌みは多いが、真面目なルクシオンと違って軽薄な性格をしている。

ただし、こちらもルクシオンと同じく優秀だ。

『心配しなくても、私とマリエちゃんが残るから安心していいわよ』

クレアーレに上半身を向ければ、視界にはマリエの姿も入る。

マリエはその薄い胸を拳で叩いた。

「任せてよ、あに——リオン。クレアーレと私が残って、しっかり下調べをしておくわ。だから、お小遣いの件はよろしく！」

　前世の妹である【マリエ・フォウ・ラーファン】が、お小遣い欲しさに俺の代役に名乗りを上げた。

　クレアーレもノリノリだ。

「マリエはともかく、クレアーレが残れば問題ないか？」

「酷い!?　もっと私のことを信用してよ！」

「お前の何を信用しろって言うんだよ？　クレアーレ、マリエのこともちゃんと見張れよ」

『お任せあれ！』

　随分と上機嫌に振る舞うクレアーレを見て、ルクシオンが何か違和感を覚えたようだ。

『クレアーレ、どうしてそんなに王都に残りたがるのですか？　以前のあなたなら、マスターの側に残りたがったはずですよ？』

『実は、王都でちょっとお楽しみが出来たの。色々と実験をしているんだけど、その成果がもうすぐでそうなのよ。マスターたちが戻ってきたら、結果を報告するから楽しみにしていてね』

　元は研究所を管理する人工知能だったクレアーレは、実験の類いが大好きらしい。

　何の実験をしているか知らないが、楽しみにしておくとしよう。

「お前も自由だよな。まぁ、俺を裏切ったルクシオンより好感が持てるけどな」

　クレアーレと比べられ、自分の評価が低いことに納得できないルクシオンがすぐに文句を言って来る。

『私は裏切っていません。マスターには休養が必要だと判断したからこそ、強硬手段に出ただけです』

「それを裏切りって言うんだよ」

ルクシオンが俺の顔に近付いて、威圧するように見つめてくる。

俺も対抗してガンをつけてやれば、横からクレアーレが仲裁に入る。

『二人とも仲良くしたら？　とにかく、こっちのことは心配しないでね。マリエちゃんのこともしっかり面倒を見るから』

自信を見せるクレアーレは、普段はお調子者だが仕事はする奴だ。

「頼むぞ。ルクシオンよりも頼りにしているからな」

『あら嬉しい』

ルクシオンをチラチラ見ながらクレアーレを褒めてやった。

ルクシオンの方は、納得できないのか『理解不能です』と言っている。

俺はマリエにも念を押すことにした。

「マリエ、お前は判断に迷ったらクレアーレを頼れ。自分勝手には動くな。お前の判断よりも、クレアーレの方が正しいからな。いいか、クレアーレの言うことを聞けよ」

言われたマリエは、自分よりもクレアーレを頼りにされ不満そうにしている。ただ、これまでのことを反省しているのか、渋々ながらも従うようだ。

「言われなくても慎重に動くし、クレアーレを頼るわよ」

少しいじけた様子を見せるが、これだけ念を押しておけばマリエも勝手な行動はしないだろう。

俺はクレアーレを見る。

「こっちは任せたぞ。何かあればすぐに連絡を入れろよ。何かあればすぐに駆けつける」

『マスターってば心配性ね。情報収集も実験も、完璧にやり遂げてみせるわ』

できれば情報収集に全力を出して欲しいけどな。

一体、何を実験しているのだろうか？

――まぁ、俺が聞いても理解できない可能性もあるし、今は聞かなくてもいいか。

「実験もいいけど、情報収集を忘れるなよ。あと、できるだけ攻略対象や主人公に関わるなよ。何か異変があっても、関わるのは俺が戻ってからだ。緊急の用件がある際は、必ず連絡しろ」

『何度も聞いたわよ。もっと私たちのことを信用してよね』

クレアーレが小うるさい俺に不満を言えば、マリエも便乗する。

「そうよ。もっと私たちを信用して、兄貴は休めばいいのよ。兄貴は自分が思っているよりも疲れているんじゃない？」

マリエに心配されるとは思わなかった。

周囲にアンジェやリビアの姿はなく、俺たちのみだからマリエもいつの間にか兄貴呼びに戻っていた。

「――まぁ、いいか。成功したら、毎月の小遣いは増額してやるよ」

「ありがとう！」

両手を挙げて嬉しそうにするマリエを、クレアーレは興味深そうに見ていた。

『マリエちゃんは本当にお金が大好きよね』

「うん、私はお金が大好き！」

これが無知な子供の発言なら苦笑いもできるが、マリエの場合は生活費が欲しくてお金を求めているから笑えない。

苦笑いもできない。

攻略対象の男子で逆ハーレムを気付こうとして、生活費欲しさに俺の言いなりになるマリエがちょっと不憫に思えた。

複雑な気持ちでマリエを見ていると、アンジェが足音を少し大きく立てて近付いてくる。

強引に俺の腕を掴んできた。

普段のアンジェがしないような行動に、僅かに違和感を覚えた。

「リオン、そろそろ出発の時間だぞ」

マリエに対して複雑そうな視線を向けるアンジェは、俺を引っ張る。

「分かったよ。一人で歩けるって」

「いいから来い」

俺の隣に立つアンジェは、そのまま腕を絡めてきた。

ルクシオンが俺の右肩辺りに浮かんで、その様子を解説してくる。

『マスターは相変わらず鈍いですね。アンジェはマリエと親しくするマスターを見て、嫉妬しているのですよ』

「嫉妬？」

ルクシオンの言葉に驚いて立ち止まった俺は、急いでアンジェの顔を見た。

そこには、顔を赤くしているアンジェの姿がある。

恥ずかしいのか、俺の腕にしがみつく力が強くなっていく。

「ルクシオン、お前も女心を理解できていないようだな。理解したならば、本人がいる前で言わないことだ。わ、私だって恥ずかしいぞ」

『次回からは前向きに善処しましょう』

「はぐらかしているように聞こえるな」

『注意はしますが、実行できるかは別問題ですから。そもそも、悪意があってアンジェリカの感情をマスターに教えてはいませんよ』

「悪意があったら余計に質が悪いぞ」

俺は女心を理解しないルクシオンを鼻で笑う。

「言われたな。お前も女心を学んだらどうだ？」

『人工知能の私には難易度の高い問題ですが、確かにマスターの言う通りですね。今回は私が悪かったと反省します。申し訳ありません、アンジェリカ』

素直に謝罪をするルクシオンが、どうにも気持ち悪く見えた。

アンジェは「う、うむ」と照れながら謝罪を受け入れており、その姿が可愛く見える。

『ただ、私は疑問に思います。人工知能である私はともかく――人間のマスターが私よりも女心を理解できないのは大問題です。人工知能に負けてはいけない分野ではありませんか？　男として――いえ、人間として恥ずかしくないのですか？』

あえて非を認めながら、俺を責めてくる。

こいつ、俺を責めるために小技まで習得したのか？

「ず、随分と口が達者になったじゃないか」

『マスターの側にいれば、悲しいことに嫌でも上達しますよ』

ルクシオンの奴は、何を言っても言い返してくる。

少しは俺をマスターと認め、少しでいいから敬って欲しいものだ。

第01話「お見合い」

バルトファルト男爵領の港に到着した。

整備が進み、大型の飛行船も出入りが出来るようになった港は数年前よりも賑わいを見せている。

学園入学前は、今よりもずっと寂れた小さな港だった。

それが大きく発展しているのを見ると、俺としても嬉しい。

「見慣れない飛行船があるな」

アインホルンの甲板から見えているのは、港に停泊している豪華な飛行船だ。

実家で所有している飛行船ではないし、普段付き合いのある商船でもない。

貴族が好む過度に装飾された飛行船には、家紋がハッキリと見て取れる。

同じく甲板に出ていたアンジェが、その家紋を見て目を細めていた。

「ローズブレイド家だな」

「ディアドリー先輩か」

俺の実家はローズブレイド家と関わりを持っていないため、やって来るなら【ディアドリー・フォウ・ローズブレイド】だろう。

二つ上の先輩で既に学園を卒業している。

個性的な女子であり、絵に描いたような金髪碧眼のお嬢様だ。

長い髪で縦ロールを作り、派手好きでいつもキラキラしている。

実際に伯爵令嬢であるため、本物のお嬢様だ。

しかし、性格に問題があるので、俺としてはちょっと苦手だ。

悪い人ではないから、お茶くらいはするけどね。

今は人手不足の王国で、特使の仕事をしていたはずだ。

そんな先輩が俺に何の用事だろうか？

俺の実家に用事があるとも思えないし、わざわざ俺に会いに来た？

本来なら俺は、王都にいると思われているはずなのだが――そんな風に考え込んでいると、アンジェが小さく溜息を吐く。

「ローズブレイド家が動いたか」

いかにも面倒だ、と言わんばかりの態度を見せていた。

「え？」

理解していない俺に対して、アンジェが簡単に説明してくれる。

「よく考えてみろ。リオンが実家に戻ると知っている人間は少ない。ローズブレイド家が先回りしたのではなく、バルトファルト家に用事があって訪ねていると考えるのが普通だろう？」

それを聞いてリビアが納得した様子で手を叩く。

「言われてみるとそうですね」

理解したリビアはいいが、俺の方はまだ疑問が残っていた。

伯爵家のローズブレイド家が、どうして田舎の男爵家に？

俺が納得していない様子を見て、アンジェは何か知っている様子ながら答えを濁す。

「さて、何をしに来たのやら」

「ただいま～」

実家に戻ってきた俺は、気の抜けた声で玄関のドアを開けて中に入る。

男爵家の屋敷とは言っても、俺の実家は辺境の田舎にある。

堅苦しい雰囲気とは無縁だ。

そんな実家は普段とは違う雰囲気に包まれていた。

空気が違うというのだろうか？

普段よりも緊張感がある。

俺たちが戻って来た事に気が付いたメイドの一人が、パタパタと慌てて駆け寄ってきた。

メイドとしては失格の態度を見せたのは、エルフの【ユメリア】さんだ。

「お、お帰りなさいませ！　申し訳ありません。その、あの、バタバタしていて、お出迎えが出来なくて」

慌てて頭を下げてくるその姿を見て、アンジェの後ろに控えていたメイドさんたちの視線がやや厳しくなる。

コーデリアさんにいたっては「貴女は変わりませんね」と、少し呆れつつも再会を喜んでいるようにも見えた。

「お客さんが来ているんだろ？　ディアドリー先輩？」

一応客人を確認してみれば、ユメリアさんが大きく何度も頷いた。

「は、はい！　あ、あの、その！　お、お見合いの話です！」

「――は？」

いきなりお見合いの話と聞いて、俺は一瞬だが自分とディアドリー先輩のお見合いを想像してしまう。

「俺がお見合い？　いや、アンジェとリビアがいるって！」

慌てて無理だと言えば、ルクシオンがチクリと横槍を入れてくる。

『ノエルもいますが？』

「今は黙れ。――とにかく、いきなりお見合いと言われても困るんだ」

チラチラと後ろにいるアンジェとリビアの様子をうかがっていたが、二人は俺よりも落ち着いた様子だった。

あれれ？　俺がお見合いしてもいいの？

怒ると思っていたのに、二人の反応が予想と違って困惑する。

ユメリアさんは俺を前に首をかしげていた。

「へ？　何の話ですか？」

「だから、俺とディアドリー先輩のお見合いだろ？」

そう問い質すと、ユメリアさんは困った顔をしていた。

——違うのか？　そう思ったタイミングで、高いヒールの靴を履いてカツカツ音を立てて一人の女性が現れる。

田舎の屋敷にはまばゆすぎる身なりで、周囲の景色と不釣り合いに見える。

「あらあら、熱烈な申し出に嬉しくなりますわね」

「先輩!?」

そこにいたのはディアドリー先輩で、扇子を開いて口元を隠している。

しかし、目元は意地の悪い笑みを浮かべていた。

俺の勘違いを笑っていやがる。

アンジェが俺の前に出ると、腰に手を当ててディアドリー先輩と向かい合う。

「久しぶりだな。それで、ニックス殿と見合いをするのはディアドリー、お前か？」

ニックスの名前が出たことで、俺は初めて兄のニックスが見合いをするのだと気が付いた。

——早とちりをしてしまいちょっと恥ずかしい。

少し顔を赤くする俺を、ルクシオンが赤いレンズで見ているが無視しておこう。

ディアドリー先輩が扇子を畳むと、意地の悪い笑みのまま答える。

「私ではありませんわよ。ニックス殿の相手は私の姉【ドロテア】ですわ」

「よりにもよってドロテアか」

先程まで厳しい視線を向けていたアンジェが、微妙な表情を見せる。

今の発言と表情から、ドロテアお嬢さんは随分と問題があるようだ。

ディアドリー先輩もアンジェから視線をそらしているから、何か思うところがあるのだろう。

「妹の私から見ても美しい女性ですわよ」

「誰も容姿に文句を言っていないぞ」

ディアドリー先輩から見て美しい女性らしいが、二人の反応から何かしら容姿以外の問題を抱えているような気がしてならなかった。

◇

親父とニックスがいる部屋に入ると、二人揃って頭を抱えていた。

その仕草がソックリで、血の繋がりを感じてしまう。

重苦しい雰囲気を出している二人のために、俺はあえて明るい声で話しかける。

「お兄ちゃんおめでとう！」

軽いノリでからかってやったら、二人揃って顔を上げて俺を睨んできた。

そのタイミングと顔付きまでソックリだ。

親父が怒鳴るように文句を言ってくる。

「何がおめでとう、だ！　お前はこの状況を理解しているのか!?」

顔を真っ赤にして怒っている親父を見て、肩をすくめながら部屋のソファーに腰を下ろした。

ニックスの隣に座り、体を背もたれに預ける。

「冗談じゃないか」

「そんな冗談で笑えるかよ」

場の空気を和ませようとして失敗した俺は、ニックスに視線を向ける。

「ドロテアさんだっけ？　兄貴はどんな人か知っているの？」

ディアドリー先輩の姉であるドロテアさんだが、ニックスが学園で一年生の時には三年生だったらしい。俺の四つ上ということだ。

そのため、俺とは学園で面識がなかった。

ニックスが知っているのか尋ねれば、口元に手を当てて難しい表情をしている。

「学園で何度か見かけた。でも、俺は普通クラスで、あっちは上級クラスの伯爵令嬢だ。関わると思っていなかったから、詳しいことは何も知らない」

ニックスは「ただ」と前置きを付けてから、俺に当時の話を聞かせる。

「近寄りがたい人だったな。上級クラスの人たちも遠巻きにしていたし、取り巻きの数も伯爵令嬢にしては少なかった気がする」

「クール系の美人？」

普通クラスのニックスにしてみれば、上級クラスのドロテアさんは高嶺の花だろう。

「そうだな。綺麗な人だったけど、人を寄せ付けない冷たい感じかな？」

「美人なら別にいいじゃないか」

「馬鹿野郎！　俺は男爵家の跡取りで、あっちは伯爵家の娘だぞ！　釣り合いが取れないだろ。伯爵家の娘さんが、この家に嫁いでくるんだぞ。意味不明だろ!?」

俺たちからしてみれば、名門ローズブレイド家の娘さんというのは雲の上の存在だ。

確かにうちも爵位持ちの貴族だが、前世でたとえるとこっちは田舎で細々とやっている中小企業だろう。

対して、あちらは都会で誰もが知っている大企業というところか？

確かに釣り合わないし、俺がニックスの立場ならこの見合いから逃げている。

「断れば？」

素朴な疑問を投げかけるが、俺もこれは無理だと理解していた。

前世だったら単純に断ればいい話だが、この世界では話が違う。

相手は格上だ。しかも、今回に限っては向こうが乗り気になっている。

分かりきった俺の問いに答えるのは親父だ。

「無理に決まっているだろ。相手は名門の伯爵家だぞ」

うちみたいに吹けば飛ぶような家とは違い、あちらは権力や財力——そして、軍事力も持っている。

断れば、あちらが顔に泥を塗られたことになる。

わざわざ伯爵家が、男爵家にお見合いの話を持ち込んで断られた——貴族社会では笑いぐさだろう。

俺は場の空気を少し和らげるために、あえて明るく振る舞う。

「俺って今は侯爵様だよ」

「相手の顔に泥を塗る行為には変わりないだろうが。そもそも、なんで伯爵家がこんなことをするんだよ。うちみたいな田舎貴族に、いったい何を期待しているんだか」

親父もニックスも疑問に頭を抱えている。

本来ならば、この見合い話自体があり得ない話だ。

成功したらまだマシだろうが、失敗したらローズブレイド家はしばらく貴族社会で笑いものになる。

どの世界にも人を笑いたい奴はいるからな。

ローズブレイド家は、この見合い話を断られるとは思っていないだろう。

もし断れば、きっと報復してくる。

伯爵家が頼んだのに、男爵家が断るのか！　——とね。

俺たちバルトファルト家からしてみれば、無茶苦茶な話だ。

それがまかり通るから困る。

だが、普通なら絶対にこんなことは起きなかったはずだ。

この見合い自体がイレギュラーすぎて、親父もニックスも頭を抱えているというわけだ。

「お見合いというか、顔合わせみたいなものか。それで、すぐに結婚と」

俺が呟けば、ニックスは項垂(うなだ)れながら答える。

「そうだよ。俺だって自由な結婚が出来るなんて思っていなかったさ。けど、これはあんまりだろ？

俺は――親父たちみたいにもっとノンビリした夫婦が良かったのに」

親父とお袋は、絵に描いたような仲良し夫婦だからな。

そんな親父の視線に気付いて俺は顔を向ける。

「何で睨むのさ？」

「お前のせいで俺が浮気を疑われている話は知っているか？」

「何で？　え、親父は浮気をしたの？　最低だな」

父親が浮気をしている姿を想像して嫌悪すると、憤慨した親父が大声を出す。

「お前に言われたくないんだよ！」

親父が浮気を疑われていると言いだしたのだが、その責任が俺にあるとは驚きだ。

人の責任にしないいで欲しい。

身に覚えのない疑いに腹を立てていると、ニックスが溜息を吐いてから事情を説明してくれる。

「お前は留学から戻ったらすぐに王都だったからな。うちの事情を知らないと思うが、今は夫婦仲が
最悪なんだよ」

「親父が浮気を疑われたからか？」

何て酷い奴だと思いながら親父を見れば、腕を組んで苛々しているのか脚を揺すっている。

「誰のせいで疑われたと思っているんだ？　全部お前の責任だからな」

「何でもかんでも俺のせいにしないでくれる」

「今回もお前の責任だぞ！」

親父では話にならないとニックスを見れば、額に手を当てて天井を見上げていた。

「お前、留学先でマリエと暮らしていただろ？」

「事情があって仕方がなかった。アンジェとリビアの許可も取ったよ」

「あの二人がよく納得したよな。でもその時に、ユメリアさんをうちから派遣しただろ？　その際に、お袋がお前を見張るように言ったんだよ」

「聞いたよ。俺はこんなに真面目なのに、家族に疑われて悲しかったな」

家族に信じてもらえないのは寂しい限りだ。

前世でも、両親は俺より妹を信用していた。

今世も同じとか、俺は何故こんなにも信用されないのだろうか？

ヤレヤレと首を横に振ると、親父もニックスも目を細めて冷たい視線を向けてくる。

「そのユメリアさんが聞いたんだよ。お前、マリエに兄貴って呼ばれていたらしいな？」

「――へ？」

俺は自分を無実だと信じ切っていたが、どうやら誤解を招いたようだ。

親父がテーブルを何度も手で叩いて抗議してくる。

「おかげで、ラーファン家の夫人との不倫を疑われたんだぞ！　それに、共和国の大貴族の娘が、お前を弟と呼んでいたそうじゃないか！　何がどうなっているのか、俺の方が知りたいくらいだよ！」

冷や汗が出て来た。

マリエの方には、共和国の屋敷で日頃から兄貴と呼ばれていた。

あいつの不注意を聞かれているとは思わなかった。

そして、ルイーゼさんの方だが、説明すると非常にややこしい。

「いや〜、マリエの方はあれだよ。義兄妹的な？　ほら、血の繋がりはないけど兄貴分的な扱いだったからさ。それから、ルイーゼさんの方は、死んだ弟に俺が似ていたらしくてね。うん、ただの勘違いだよ」

どうやら、ユメリアさんは全てを律儀にお袋に報告したらしい。

そのせいで、現在のバルトファルト家はギスギスしているようだ。

――確かに俺も無関係ではないな。

「ご、ごめんね。お袋には謝っておくからさ。そもそも、親父が浮気とか不可能だろ？　冷静に考えたら、マリエやルイーゼさんが親父の子供のわけがないし」

「俺だって言ったんだよ！　言ったが、それを証明するのが難しいだろうが！」

親父もその当時の記憶が曖昧だし、理路整然と全てを否定できないらしい。

あり得ない――だが、証拠を揃えられない。

そもそも、当人を呼び出して事情を聞くのも難しい。

マリエの実家は色んなゴタゴタで消えている。

ファンオース公国との戦争で参加せず逃げだし、そのまま取り潰されていた。

ルイーゼさんの方も無理だ。

共和国が復興で忙しいのもあるが、他国の大貴族をバルトファルト家の家庭の問題で呼び出すことなどできない。

「どうしてこんなことになるんだ。リュースは話しかけても避けてくるし、ローズブレイド家からはお見合いの話が来るし――俺がいったい何をした？　何をしたら、こんなことになるんだよ」

親父が項垂れている姿を見て、とても申し訳なくなってきた。

「何かごめんね。そうだ、お詫びに俺が兄貴のお見合いをぶち壊してやるよ」

家族のために何かできないかと考えた俺は、いっそお見合いを失敗させることにした。

俺の提案に親父もニックスも、疑いの視線を向けてくる。

ニックスは、俺が何かやらかすのではないかと心配しているようだ。

「話を聞いていたのか？　うちは断れない立場だぞ」

「俺にいい考えがある。こっちから断らなくても、相手が断ればいいんだよ」

「相手が断る？　そんなことができるのか？」

「俺に任せろ」

恥ずかしながら、学園ではお茶会で失敗を繰り返してきた身だ。

何をすれば王国の女性が嫌がるのか、経験として知っている。

婚活のために何度も女性をお茶会に招待しては、失敗を重ねてきた。

つまり、俺はお見合いなどにおいては失敗のエキスパートだ。

「学園では数々のお茶会で失敗してきた男だ。成功は難しいが、失敗ならお手の物だ」

親父が希望を見いだしたのか、ソファーから腰が浮いていた。

「情けない台詞だが、確かに今だけは頼りになるな！　あと、リオンは後で母さんに事情を説明しろよ」

「大船に乗ったつもりでいてくれ。兄貴の見合いは、俺がぶち壊してやるよ」

ニックスは複雑そうな表情をするが、伯爵令嬢が妻にならないならいいかと受け入れてくれた。

「そうだな。ドロテア先輩が断れば、この話は終わる。今回だけは、嫌々ながらお前に頼るとするか」

二人揃って棘のある言い方が気になるが、家族のために俺も頑張らせてもらおう。

「任せろ。俺に失敗はない」

あれ？　ここは失敗しかない、と言った方が良かったか？

◇

その頃。

リオンの母親である【リュース】は、屋敷の客室を訪ねていた。

今は一人の女性がその部屋を使用している。

「バルカスが言うことも理解できるのよ。あの頃は忙しかったから、遊んでいる暇はなかったの。でも、バルカスは何度も王都に出かけていたから、絶対にないとは言えないのよ」

ハンカチで涙を拭いつつ、リュースが愚痴をこぼす相手は【ノエル・ジル・レスピナス】だった。

ゴールドとピンクのグラデーションになっている髪を、ノエルは右側でサイドポニーテールにまとめていた。

黄色の瞳はリュースを優しく見つめ、普段は活発な印象を与える顔立ちも今は話に耳を傾け真剣そのものだ。

ノエルはリオンの実家で暮らしていた。

車椅子での生活を送っているノエルだが、最近はリハビリも行っている。

ルクシオンとクレアーレのサポートもあり、順調に回復していた。

そんなノエルの部屋にリュースが訪れている理由は、愚痴を聞いてもらうためだった。

ノエルは不安なリュースを元気づけるために、明るい声を出す。

「きっと大丈夫ですよ！」

(そうは言っても、あたしも何度かマリエちゃんがリオンを兄貴って呼んでいるところを見かけているのよね。あの二人、最初は本当に兄妹かと思っていたし)

リュースには大丈夫と言ったものの、内心でノエルは少し心配もあった。

リオンとマリエの外見は似ていないが、それでも何か同じものを持っている気がしていた。雰囲気や二人の距離感が、どうにも他人とは思えなかった。

実は無関係と知って後で驚いたほどだ。

そう思いつつも、世話になっているバルトファルト家の夫人――将来の義母を慰める。

「お義母さんに嘘を吐けるような人じゃありませんよ」

ノエルからすれば、バルカスが嘘を吐いているようにも見えなかった。

リュースが涙を拭く。

「ありがとう、ノエルちゃん。ノエルちゃんがリオンのお嫁さんになってくれて、本当に良かったわ」

「え、えっと――三番目ですけどね」

無理矢理笑うノエルを見て、リュースの表情は暗くなる。

三番目、という部分に母親ながら責任を感じているようだ。

「本当にどうしてこんなことになったのかしらね。アンジェリカ様も、リビアちゃんも良い子だと思うのよ。でも、どうしても身分がね。リビアちゃんは私が近付くと緊張しちゃうし。そもそも、リオンが三人と結婚するなんて思いもしなかったわ」

リュースの悩み――それはリオンだけではなく、アンジェとリビアとの距離感だ。

アンジェは生粋のお嬢様だし、リビアからすればリュースは貴族の奥方だ。

どうしてもリビアの方が緊張して距離を作ってしまう。

互いに打ち解けてはおらず、リュースとしては話しやすいノエルに親近感を覚えたらしい。こうして相談や愚痴をこぼすのも、アンジェやリビアには出来ないでいた。

「でも、あたしって生まれはそれなりらしいですけど、育ちは庶民ですよ？」

「私も育ちなら同じようなものよ。今は正妻だけど、本当なら男爵家の奥方になれる出自じゃないもの」

快活なノエルと相性が良かったのか、二人は打ち解けてよく話をするようになった。

最近では、リュースの方から積極的に話しかけてくる。

「おかげで、子供たちの教育も問題ばかりで——」

「ノエル姉ちゃぁぁぁん！」

リュースが子供たちの話題を出そうとすると、ドアが乱暴に開けられてコリンが部屋に飛び込んできた。

黒髪で幼さの残る少年は、涙目でノエルに助けを求めてくる。

「どうしたのよ、コリン？」

ノエルは、抱きついてくるコリンを受け止める。

リュースはそれを咎めるが、ノエルは気にしないため「大丈夫です」と言ってコリンの背中を優しく撫でた。

「今日は何をやられたの？」

「フィンリー姉ちゃんが酷いんだよ！　僕のお菓子を食べたのに、謝らないんだ。食べられる方が悪いって言うし、それに苛々しているのか八つ当たりしてくるんだ」

それを聞いてリュースが小さく溜息を吐いた。

「あの子はまったく。でも、コリンも駄目よ。そんなことでノエルちゃんを困らせないの」

「母ちゃんだっていつもノエル姉ちゃんに相談しているよね？」

「そ、それとこれとは違うでしょう！」

家族の会話を聞いて、ノエルは少し寂しい気持ちになった。

(両親が生きていたら、こんな会話が出来たのかな？)

ノエルは両親との間にいい思い出はない。

だが、もしかしたら――自分もこんな風にたわいない日常を送れたのだろうか？　手に入れたかった温かい家庭を前に、ノエルは破顔してコリンの頭を乱暴に撫でた。

「男の子でしょ。もっとガツンと言ってやらないとね」

「フィンリー姉ちゃんも、ジェナ姉ちゃんも怒ると怖いんだよ。リオン兄ちゃんも、二人が怒ると逃げるんだよ。リオン兄ちゃん、国の英雄で強いはずなのに姉ちゃんたちには勝てないんだ」

子供のコリンにとっては、リオンは国の英雄であり憧れなのだろう。

しかし、そんなリオンでもジェナやフィンリーには勝てない――そう思い込んでいた。

「うん、リオンなら逃げるかもね」

二人の姉妹から逃げるリオンを想像してノエルが頷けば、リュースも頬に手を当てて納得した顔を見せていた。

「あの子は面倒事から逃げるからね。要領が良いのか、それとも悪いのか」

本当に要領がよければ、侯爵にまで陞爵するような事態は避けられている。

それを母親のリュースはよく理解していた。

ノエルはコリンに顔を近付ける。

「大丈夫よ。リオンが本気になったら、二人とも敵わないからね。今度、リオンに頼んでごらん。コリンが言えば、きっと二人を叱ってくれるわよ」

大事な弟の頼みとあれば、リオンも覚悟を決めて姉妹に挑むだろう。

「それとも、あたしが直接言おうか？」

「だ、大丈夫！」

コリンはいつの間にか顔を真っ赤にしており、両手を挙げてノエルの前で虚勢を張る。

「僕がしっかり二人を叱るから！　ノエル姉ちゃんは見ていてね！」

「いいぞ、男の子」

ノエルに褒められたコリンは、とても嬉しそうにしていた。

だが、そんなコリンを見て、リュースは少しだけ悲しそうに微笑んでいた。

◇

親父とニックスとの話し合いを終えた俺は、屋敷にある部屋の一つに来ていた。

いつものようにルクシオンが側にいるが、今日はアンジェとリビアも一緒だ。

三人を集めたのは、ローズブレイド家とのお見合いについて相談するためだ。

「ニックス殿のお見合いを失敗させる？　リオン、お前は本気で言っているのか？」

「うん」

家族に迷惑をかけてしまった俺は、今回は真剣に手を貸すつもりだ。

リビアは不安そうにしている。

「本当に良いんですか？　お義兄さんのお見合いですよね？」

「その本人が嫌がっているからね。ニックス曰く、近寄りがたい美人さんらしいよ。あと、伯爵令嬢が嫁とか恐れ多いとか言っていたね」

「美人なのに嫌なんですか？」

「男にも色々とあるからね」

学園で男子たちも最初は美人の女子にアタックするが、次第に性格重視に切り替わっていく。

理由？　顔が良くても性格が酷いと疲れるからだ。

美人は財力や権力のある男子が相手をすればいい。

理想は容姿も良くて、内面も優れている女性だ。

――おや？　アンジェとリビアのことかな？　ノエルも該当するぞ。

俺は極一部の勝ち組だったようだ。

「見た目よりも性格重視だよ。問題児らしいドロテアさんには、ニックスを振ってもらおう。そうすれば、互いの顔に泥を塗り合って今回の件もドロー！　全ては丸く収まるよね？」

失敗しても問題ないはず！　と、アンジェに確認を取る。

俺は何度も自分の勝手な判断で失敗をしてきた男だ。

だから、今回は貴族社会に明るいアンジェの助けを求めた。

そのアンジェだが、少し嬉しそうにしている。

「確かに、ドロテアから断ればリオンの言う通りになるだろうな。成功すれば、ローズブレイド家が報復することはないだろう」

アンジェのお墨付きがでた。

ただ、リビアは指を唇に当てて顔を少し上げていた。

「リオンさんは侯爵で、アンジェもいるのに手を出してくるんでしょうか？　そもそも、話を持ってきたのは向こうですよね？　私からすると、拒否されても仕方がないと思うんですけど？」

どうして普通に断れないのか？　というリビアの意見に、アンジェは笑みを浮かべて答える。

「正論はそうだが、大事な娘を嫁がせると言って拒否されれば伯爵の面子が潰れるからな。貴族としては黙っていられないのさ」

「そういうものですか？」

「貴族社会は舐められたら終わりだからな。ただ、リオンの計画ならばローズブレイド家の面子を潰して終わりになる」

「え？　それでも怒りそうなんですけど？」

「見合いの話を持ちかけておいて、自分の娘が結婚を拒否すればローズブレイド家の方が笑いものになる。話を持ちかけておいて、失敗させたのが自分の娘なら文句を言っても更に笑われるだけだ。そうなったら、いっそ見合いの話はなかったことにするかもな」

何故か嬉しそうにしているアンジェを見て、俺は自分の考えが思った以上に効果的であるのを知った。

「そ、そう？　いや、俺も妙手だと思ったんだよね」

笑って誤魔化そうとすれば、いつものようにルクシオンが口を挟む。

『マスターがそこまで考えるとお思いですか？　相手が断れば、お見合いの話はなかったことになる——その程度の考えですよ。そこまで深く考えていませんでした』

俺の気持ちを勝手にペラペラと喋りやがって。

「俺の気持ちを理解しているなら、そこは黙っていて欲しいな。言わなければ、俺が知的な男に見えるだろ？　もっと気を使えよ」

『気が向いたら善処します』

以前にアンジェには「前向きに善処する」と言っておいて、俺に対しては気が向いたら？　こいつは本当に俺を軽く見ていないか？

「とにかく、ローズブレイド家には悪いけど、このお見合い話は失敗させたい」

リビアは乗り気ではない様子だ。

「本当に失敗させて良いんでしょうか？　相手に失礼だと思いますし、まずは話し合った方がいいと思うんですけど」

優しいリビアは、まずはニックスとドロテアさんで話をするべきという主張だ。

アンジェはそれを否定しないが、肯定もしなかった。

「互いに家のためで、好き嫌いで結婚するわけじゃない。私たちのような関係は珍しい部類だぞ。話したところで、どうなることやら」

ニックスがこの話を断れないように、ドロテアさんも家の事情で断る可能性は低い。

だが、ニックスのために俺はこの話を失敗させる。

ディアドリー先輩には申し訳ないが、家族優先だ。

ルクシオンが状況を確認する。

『ローズブレイド家は用意周到です。既にお相手のドロテアを飛行船に乗せているとか。準備ができ次第、見合いの席が設けられるそうですよ。それまでに、何かご用意するものはありますか？』

「そうだな――首輪を用意するか」

俺が首輪と言い出すと、アンジェもリビアも無表情になった。

ルクシオンも『またマスターが変なことを言っている』という仕草を見せている。

だが、お見合いを失敗させるためにも、首輪はとても重要なアイテムだ。

◇

バルトファルト領の港。

停泊するローズブレイド家の飛行船の甲板には、ドロテアの姿があった。

甲板からバルトファルト領の港を眺めているドロテアは、無表情で周囲の使用人たちを遠ざけていた。

そこに、タラップから飛行船に乗り込んできたディアドリーがやってくる。

「お姉様、話がまとまりましたわよ」

「――そう」

ディアドリーと同じ金髪碧眼の女性であるドロテアは、サラサラしたストレートロングの髪。服装はディアドリーとは違い、質素で気品がある感じにまとめられている。装飾品を好まず、シンプルなデザインを好む女性だった。

ただ、今は無表情で綺麗なその髪を指先で遊ばせている。

その態度から、バルトファルト家や面会する相手への興味のなさが伝わってくる。

ディアドリーは呆れて肩をすくめた。

「お姉様、今回ばかりはお父様も拒否を許しませんわよ」

「理解しているわよ」

ドロテアの視線は下を向いており、本当に理解しているのか怪しい態度を見せている。

だが、一応は、相手のことをディアドリーに尋ねてくる。

「それで、お相手の男性はどんな人かしら？」

ディアドリーは少し呆れつつも、困ったようにニックスについて語る。

「事前に説明は受けているでしょうに」

「ディアドリーから見た評価を知りたいのよ」

「――よく言えば真面目ですわね。悪く言えば、弟の陰に隠れた目立たない兄ですわ。ただ、弟があ

そこまでの英雄であれば、仕方がないかもしれませんわね」

ホルファート王国とアルゼル共和国で暴れ回ったリオンと比べれば、兄であるニックスは地味に見えてしまうだろう。

ただ、ドロテアは更に興味をなくしたようだ。

無表情で遠くを見ている。

「つまらない男」

ディアドリーは小さく溜息を吐き、扇子で肩をトントンと何度か叩いてドロテアの横顔を見る。

「お姉様の高望みにも困ったものですわね」

ドロテアは大きな胸の下で腕を組み、返事もせず遠くを眺めていた。

第02話「顔合わせ」

名門ローズブレイド家。

ディアドリー先輩曰く、先祖が大冒険の末に王国に貴族として認められたそうだ。

その後も数々の冒険で活躍したが、現在では伯爵家として王国に貢献している。

歴史も長く、王国への貢献はバルトファルト家とは比べものにならない。

対して、バルトファルト家は冒険者としての活躍は少ない。

俺がルクシオンを得るために頑張ったくらいで、はじまり自体が微妙だ。

ご先祖様だが、戦争に参加して手柄を立てたそうだ。

その際の報酬で小領主になり、以降は細々と暮らしてきた。

ホルファート王国は冒険者たちが興した国であり、冒険者として成り上がると周囲から尊敬される。

言い換えれば、それ以外で成り上がると評価は低い。

活躍し続けてきたローズブレイド家とは対照的に、バルトファルト家は地味に細々と続いてきた家だ。

そんなバルトファルト家に、名門ローズブレイド家がお見合いを申し込んできた。

相手側が何を考えているのか、まったく予想がつかない。

だが、お見合いは最悪のスタートを切ってしまう。

『ニックスです』

『知っているわ。事前に話を聞いていないのかしら？』

『――すみません。知っていました』

『それなら、面倒な挨拶は止めてくれる』

見ていて可哀想になってくるお見合いだが、この程度で心が折れていては学園の男子はやっていられない。

別室に集まった俺とルクシオン。

それに、アンジェとリビア――車椅子に乗ったノエルも一緒だ。

五人で壁に投影されたライブ映像を見ているわけだが、緊張した様子のニックスとは対照的にドロテアさんは随分と態度が悪い。

腕を組み、ニックスを値踏みするように見た後は視線をそらして顔すら見ようとしていない。

『あ、あの、ご趣味は？』

『――はぁ、本当につまらない男ね』

『申し訳ないです』

定番ネタで話しかけても、このようにドロテアさんが相手にしてくれない。

ニックスには同情するよ。

居たたまれなくなったノエルが、信じられないと首を横に振る。

「酷い お見合いね。相手の人は、少しも話をするつもりがないみたい。これ、リオンが手を貸さなくても失敗するんじゃないの？」

ノエルの意見に俺も賛成だが、アンジェがそれを否定する。

「それはない。これが見合いならば、優先されるのは家同士の繋がりだ。本人の意思など考慮にすら値しないからな」

キッパリと言い切るアンジェに、リビアは悲しそうに俯いている。

「そう思うと、二人とも可哀想ですよね。お互いに好きでもないのに、家のために結ばれるんですから」

達観しているようなアンジェだが、今は映し出されているドロテアを睨んでいる。

本人も口では仕方がないと言いながら、ドロテアさんの態度に腹を立てていた。

「ただ、普通はもう少し歩み寄るものだ。選り好みが過ぎるという噂は本当だったな」

何か知っていそうなアンジェに、俺は話を聞くことにした。

少しでもドロテアさんの情報を得たかったのもあるが、映像の中で苦しそうなニックスの姿をいつまでも見ていられなかった。

「噂？」

「あの見た目だからな。在学中も卒業後も、求婚を申し込む男は後を絶たなかった。だが、見合いは全て失敗だ。本人に問題があるという噂はあったな」

容姿は美しく、多くの男が求婚したのも頷ける。

そうなると、何が問題で今まで結婚に至らなかったのだろうか？

「男が嫌いとか？　もしくは、心に決めた人がいるとか？」

「ドロテアには異性や同性の相手がいる気配も噂もないよ」

同性が好きでもなく、心に決めた相手もいないようだ。

それなのにお見合いで失敗し続けている？

「あ、ドロテアさんが――」

リビアの声で映像に視線を戻せば、ドロテアさんに動きがあった。

先程までニックスの顔すら見ていなかったのに、今だけは真剣な表情を向けていた。

『あなた、私のペットになる覚悟はあるかしら？』

『え、ペット!?』

アンジェは小さく溜息を吐き、リビアは顔から表情が消えた。

ノエルは車椅子からガタリと音がするほど驚いているが、学園の女子を知っている俺からすれば驚くほどではない。

ノエルは震えながら映像を指さしている。

「この人、何て言ったの？」

自分の聞き間違いを期待したのだろうが、その願いはルクシオンに打ち砕かれる。

『お見合い相手をペットにしたいと宣言しました。伯爵家以上の家系では珍しいですが、ディアドリーもマスターをペットにしたいという発言を過去にしていますね。姉妹揃って、人を従属させるのがお好きなのでしょう』

「いや、駄目でしょ!!」

ノエルの当たり前の反応を見て、リビアが少し感動している。

「普通はそうなんですけどね。でも、王国の学園はちょっとだけ特殊なので」

すぐに表情が曇るリビアに代わり、アンジェがノエルを安心させようとする。

「以前よりマシになった」

俺からすれば、婚活生活から解放されたので興味のない話になる。

だが、俺たちが留学していた一年で、学園がどれだけ変わったのかは興味はある。

――屋敷にいるジェナを見ていると、望み薄な気がしてきたけどね。

映像では、アタフタして答えられないニックスに興味を失ったドロテアさんが、何も言わずに立ち上がって部屋を出ていく。

映像が途切れると、俺たちは同時に溜息を吐いた。

アンジェが先程の噂の続きを話す。

「悪い噂は事実だったようだな」

まだ何かあったのか？　と、俺は詳しい説明を求める。

「どんな噂？」

「質の悪い質問をして答えを迫るが、どちらを答えてもドロテアは納得せずに席を立つ。先程の質問なら、ペットになりたいと言えば軽蔑した視線を向けて、拒否すれば興味を失った目を向ける。結局、どちらを答えても納得しないのさ」

ニックスは答えることができずに、呆れられてしまったパターンか？

二択を迫ったのに、どちらを答えても納得しない？　答えなければそれも駄目？

何て質の悪い質問だ。

ルクシオンはこの質問について、いくつかの予想をする。

『これは提示されていない三つ目の答えがあるかもしれません。もしくは、この質問自体が彼女の拒否を意味しているのではありませんか？』

アンジェもルクシオンと同じ意見らしい。

「私は後者だと考えている」

答えを間違ったから嫌うのではなく、最初から嫌いだからこの質問をする？

確かに面倒な人だが、俺は今の状況に気が楽になった。

「でも、これなら俺が手を貸さなくても問題ないな」

ドロテアさんはニックスを気に入らず、このお見合いの話をなかったことにするだろう。

何もせず目的を達成できて一安心だ。

しかし、ルクシオンが次の映像を映し出す。

『そうやって油断するから、マスターは大事なところで失敗を繰り返すのです』

「何だと？」

小突いてやろうかと思ったが、映像にはディアドリー先輩とドロテアさんの姿があった。

ディアドリー先輩が姉のドロテアさんに詰め寄っている。

『何を考えているのですか、お姉様！　今回ばかりは、お父様もお許しになりませんわよ』

周囲にはローズブレイド家の使用人たちもいて、ドロテアさんを逃がさないように囲っていた。

本人は諦めた顔をしている。

『理解しているわ。ただ、最後の可能性に賭けただけよ』

『冗談でも止めて欲しいですわ』

二人の様子から、どうやら見合いをなかったことにするのは難しそうだ。

右手で頭を押さえる俺は、やっぱりやるしかないのかと気持ちを切り替える。

「思ったより向こうは本気っぽいな」

どうして名門のローズブレイド家が、弱小の辺境男爵家に興味を持つのか理解できない。

俺がいるから？　だが、俺は実家から独立して侯爵になっている。

派閥というか、後ろ盾はアンジェの実家であるレッドグレイブ公爵家だ。

取り込もうなどと考えても無意味のはずだが――そこまで考えたところで、アンジェがアゴに手を当てて俺を見ている姿に気付いた。

見合いよりも俺の反応を気にしているようだ。

「そう言えば、アンジェは兄貴の結婚についてどう考えているの？　実家から何か言われているとか？」

尋ねた俺に、アンジェは肩をすくめて首を横に振る。

「何もないよ。好きにしたらいい」

口出しをしてこないのはありがたくもあるが、レッドグレイブ公爵家にとって俺の実家は興味の対象外ということだろうか？

リビアが俺を見て不安そうにする。

「リオンさん、本当にするんですか？　やっぱり止めた方がいいと思いますけど」

「ここまで来て引き下がれないだろ。大丈夫。俺って、お見合いとか失敗させるのは得意だから」

笑って答えると、事情を知らないノエルが俺たちの顔に視線を巡らせる。

「待ってよ。何をするつもりなの？　あたしは何も聞いていないわよ」

本当ならノエルにも知らせるべき話だが、手法が手法だけにためらわれた。

「実はさ――ロイクの真似をしようと思っているんだ」

「は？」

驚くノエルが反応に困っている横で、アンジェが腕を組んで俺を見て呟いた。

「一度痛い目を見た方がいいな」

「本当にこれで大丈夫なんだろうな!?」
控え室にニックスを呼び出した俺は、お見合いを失敗させる作戦を説明した。

俺は笑顔でニックスに鎖がついた犬用の首輪を押しつける。

「大丈夫だって。共和国でドン引きものの告白を見てきたんだ。首輪を持って、お前は俺のものだって言えば一発でアウトだよ。お見合いなんて向こうから拒否してくるからさ」

この作戦のモデルにしたのは、共和国でノエルに求婚し続けたロイクだ。

あの乙女ゲー二作目の攻略対象であるロイクだが、何を間違えたのか首輪を持ってノエルに迫っていた。

ドン引きするような男だったが、最後には改心してマリエの弟分になっていた。

――改心してもマリエの弟分というのが、何というか酷いな。

マリエの奴、攻略対象の男共を引き寄せて変にする電波でも出しているのか？

ニックスが両手で首輪を握り、冷や汗を流していた。

「いくら何でも酷すぎるだろ。人として間違っているし、こんなことをすれば俺やうちの評判もガタ落ちじゃないか？」

問題はそこだ。

首輪を持って「お前は俺のものだ！」と迫れば、ニックスやバルトファルト家が常識を疑われてしまう。

しかし！　――先に無礼を働いたのはローズブレイド家だ。

ルクシオンがしっかり見合いの動画を残しているから、いざという時には文句を言われても言い返せる。

ドロテアさんが普通の人なら俺の良心も咎めただろうが、あそこまで兄貴を邪険にされては弟として腹も立つ。

仕返しがてらに、今回は痛い目を見てもらうとしよう。

「問題ない。アンジェに聞いたけど、あちらの態度は大いに問題ありだってさ」

「本当か？　学園で上級クラスのお茶会を見たことがあるけど、その時はこんなものだったぞ」

――お茶会でドロテアさんのような人は、割とまともな女子として分類される。

それだけ酷い環境だったわけだが、慣れというのは怖いな。

「俺もそう思うよ。これ以上に酷いお茶会を何度も経験してきたし」

「お前が苦労しているのは理解したけど、流石にこれは酷いだろ。俺はこれを持って迫る相手がいたら、人間性を疑うぞ」

そんな行動を今からニックスにしてもらう。

「それなら、このままドロテアさんと結婚するの？　愛のない結婚だけじゃないぞ。一生見下されて生きるのか？」

「そ、それは嫌だけどさ」

ドロテアさんと面会して、ニックスは将来的に親父たちのようなノンビリした夫婦になるのは無理だと察したようだ。

だから、兄貴のためにもこの見合いは失敗させる。

そのための首輪だ。

「兄貴、これを使えば失敗は確実だ。相手からこんなお見合いは願い下げだって言ってくるはずさ」

「言うとは思うけど、俺の被害が大きすぎるんだが？」

「それは受け入れてもらうしかない」

ニックスは頬を引きつらせながら、俺と首輪を交互に見ている。

「やらせる方は言うだけだから楽で良いよな」

「兄貴にこんなことをさせて、弟の俺は申し訳ない気持ちでいっぱいさ！」

「嘘吐け！」

◇

ドロテアが飛び出した部屋に戻ると、そこにニックスの姿はなかった。

テーブルの上には、冷めてしまった紅茶が残っている。

ドロテアが戻ってきたため、バルトファルト家の使用人がお茶を淹れ替えていた。

「程度がしれますわね」

元から田舎の男爵家に期待などしてはいなかったが、屋敷の雰囲気や使用人の態度はドロテアから見ると貴族らしくなかった。

比べる対象が実家の伯爵家では、他の家が見劣りしても仕方がない。

理解していても、どうしても全てが雑に見えてくる。

（今回の話を断れば、お父様も私を見限るでしょうね）

伯爵家の当主である父親は、娘に対して甘い方だとドロテアも自覚している。

だが、今回の話が失敗に終われば、娘に甘い父親も態度を改めるだろう。

今まで散々迷惑をかけてきたドロテアにも、それくらいは理解できていた。

（人生とはつまらないものですね）

紅茶を一口飲んで、それからドロテアは胸の下で腕を組んでニックスを待った。

待たされている時間が長くなってくると、脚を組む。

（怒らせてしまったようね）

ニックスを怒らせてしまい、この話も失敗したかと考える。

すると、ドアが勢いよく開けられた。

「あら、文句でも言いに来たのかしら？」

ドロテアが嘲笑うような表情を向ける先には、やや顔を強張らせたニックスがいた。

先程のように自分の機嫌をうかがう様子はない。

それをニックスが怒っていると判断したドロテアだったが、どうにも様子がおかしい。

ニックスが随分と緊張しているようだ。

「――お座りになったら？」

席に着かないニックスを不審に思っていると、どうも後ろ手にして何かを隠しているようだ。

一瞬だけ凶器を隠しているのでは？　と思ったが、この場で自分を害したら困るのはバルトファルト家だ。

短絡的な人物とは思えない。

色々と考え、一応は警戒するドロテアがいつでも逃げられるように身構えるとニックスが隠していた物をテーブルに置いた。

ガシャリと金属音を立てて目の前に置かれた物を見て、ドロテアは戸惑ってしまう。

「なっ!?」

急なことで声が出てこなかった。

目の前にあるのは、犬がするような鎖が付いた首輪だった。

すぐにニックスの顔を見ると、引きつった笑みを浮かべている。

「お前に似合いそうな首輪を用意した。さっきはペットになれと言ってきたな？　俺の答えを教えてやる。お前が俺のペットになれ！」

大声でペットになれと言われたドロテアは、いつの間にか自分の体が震えていることに気が付いた。

自分を抱きしめるように二の腕を掴み立ち上がり、ニックスの姿を見ずに再び部屋を飛び出してしまう。

そんなドロテアの背中に、ニックスは笑いながら意地の悪い声をかけてくる。

「逃げるのか？　人をペット扱いしようとした癖に、随分と気の小さいご主人様だな！」

その言葉を聞いて、ドロテアは自分の体が一気に熱くなるのを感じた。

鏡を見なくても、今の自分は顔を真っ赤にしているだろうと予想がつく。

部屋を飛び出すと、様子を見守っていたディアドリーが用意された椅子に座っていた。

ドロテアを見ると、また逃げてきたのかと一瞬嫌な顔をするが――様子がおかしいことに気が付いて立ち上がって駆け寄ってくる。

「どうかしましたの、お姉様!?」

肩を抱いてくるディアドリーに、ドロテアは潤んだ瞳を向ける。

弱々しい姿をさらしたことで、ディアドリーが驚いていた。

「本当にどうしましたの!?」

「ディアドリー、私――」

◇

「やったな、兄貴!」

ドロテアさんが部屋を飛び出したと同時に、違うドアから俺は部屋に入った。

ニックスの名演技に笑わせてもらったが、ドロテアさんの様子を見れば計画は大成功に終わりそうな予感がする。

何しろ、顔を真っ赤にして激怒していた。

ニックスの方は両手で顔を隠して耳まで赤くしていた。

「もう嫌だ。どうしてこんなことに――俺が人をペット扱いするとは思わなかった」

「演技だろ？　気にしすぎだって」

「あっちは本気だと思っているよ！　リオン、本当に大丈夫なんだろうな？　賛成したけど、何だか怖くなってきたぞ」

今になって、ニックスは相手を怒らせたことに恐怖していた。

だが、俺は基本的に危ない橋は渡らない主義だ。

失敗した時のために保険くらい用意している。

「安心しろよ。問題が起きても、ディアドリー先輩に俺が後で謝っておくからさ」

「謝ってどうにかなるのか？」

「問題ない。そういう時のための金銭だ。ルクシオンが用意してくれる！」

視線を自分の右肩付近に向ければ、そこに浮かんでいるルクシオンが俺に赤い一つ目を向けていた。

『フォローはいつも私の仕事ですね。金銭でこの問題が片付くならば、最初からいくらか支払って拒否すればよろしかったのでは？』

「最初から払うとかもったいなくない？」

『相変わらず妙にせこいですね』

お見合いを申し込まれたのに、いきなりお金を払ってなかったことにするのも色々と問題だろう。

ルクシオンはニックスに赤いレンズを向けた。

『ご安心ください。ローズブレイド家が武力行使に出ても、兄君もバルトファルト家もお守りしますよ』

実に頼もしいルクシオンの台詞に対して、ニックスはガクリと肩を落としている。

「そうなる前にどうにかして欲しいんだよ。武力行使に出られる前に、穏便に終わらせたいんだよ」

心配性のニックスを見ていると、兄弟だと思えるな。

何しろ俺も心配性だ。

「大丈夫だって。いざとなれば、アンジェに頼るから」

婚約者が頼もしくてありがたい。

だが、顔を上げたニックスは、ドン引きした顔で俺を見ていた。

「お前——さっきから人を頼ってばかりで恥ずかしくないのか？」

ニックスから責められたが、俺には理解できないな。

「何でもかんでも一人でやろうなんて、それは傲慢だと思わないか？　できる人に頼るのも、正しい選択ってやつだよ」

ニックスは額に指を当てて、俺の言葉に悩む。

「確かにそうだけどさ。お前が引っかき回しておいて、その尻拭いを他に任せているようにしか見えないんだが？」

——痛いところを突かれてしまった。

だが、頼れる人がいるというのも一種の力だ。

「適材適所ってやつだね」

「やりたいことばかりやって、人に後始末を押しつけているようにしか見えないぞ。お前は本当に自分勝手だな」

「兄貴は真面目すぎるんだよ。俺のおかげでお見合いも失敗したんだし、もっと褒めてくれても良くない？」

「俺の評判や精神にダメージがなければ、素直に褒められたんだけどな。今の俺は、安易にお前の力を借りたことを後悔しているよ。思ったよりショックを受けていたみたいだし、彼女には悪いことをしたたな」

今更何を言っているのか？　そんな風に思っていると、ルクシオンがニックスを慰める。

『手を組む相手を間違えましたね。私も貴方と同じように、普段からマスターに後悔させられていま す。人工知能に後悔を教え込むマスターは、ある意味で偉人かもしれませんけどね』

どうしてこいつは、息を吐くように俺のことを貶(けな)すのだろうか？

「人間らしい感情を学べて良かったな」

『少しは反省しようと思わないのですか？　他人への共感性が乏しいのも問題ですよ』

「目的を達成するために、多少の犠牲は付きものだ」

『犠牲を払ったのはマスターではありませんけどね』

先程の光景を思い出し、ニックスが恥ずかしそうにしていた。

「本当だよ。お前に頼るんじゃなかった」

ニックスに恥をかかせてしまったが、本人の評判と精神を犠牲にこのお見合いは失敗に終わるだろう。

少なくない犠牲を払ったが、それだけの結果は得られた。

後は事後処理さえ間違えなければ問題ない。

リオンがニックスの部屋に向かった後、別室で待機していたアンジェたち三人は今後について話をしていた。

頬を引きつらせているノエルは、ロイクに追い回された当時を思い出したようだ。

「当事者だった時も酷く見えたけど、こうして見ると余計に酷いわね。これ、ニックスさんの評判が落ちない？」

あまりにも酷い結末に、ノエルはニックスを心配していた。

リビアは少しだけ意地の悪い質問をノエルに投げかける。

「ノエルさん、リオンさんと一緒に一時期繋がっていましたからね。でも、その時は嬉しそうにしていましたよね？」

「あ、あれは!?」

顔を真っ赤にして否定しようとするノエルだが、言い訳できずに口をパクパクさせる。

アンジェとリビアが共和国を訪ねた際に、ロイクによって着けられた呪いの首輪のことを思い出したのだろう。

その首輪でリオンと遊んでいた姿が、どう見てもイチャイチャしているようにしか見えなかったのをリビアが根に持っているようだ。

アンジェがリビアをたしなめる。

「あまり意地の悪いことを言ってやるなよ」

「すみません」

反省するリビアが、ノエルに「ごめんなさい」と謝罪する。

ノエルも困りながら謝罪を受け入れると、その話は引きずることなく終わって次に進む。

リビアはローズブレイド家の反応が気になり、心配そうにしている。

「ニックスさんの問題もありますけど、お相手のドロテアさんも心配ですよね。怒らせましたから、きっとご実家に報告すると思いますし」

バルトファルト家とローズブレイド家の関係は、一気に険悪なものになってしまうだろう——と、予想していた。

リビアがアンジェに顔を向けてくる。

「アンジェ、本当に止めなくて良かったんですか？　普段のアンジェなら、リオンさんを止めるはずですよね？」

普段は常識人を語り何事も無難に済ませる癖に、一度やる気を見せるとやり過ぎる傾向にあるのがリオンという男である。

そんなリオンを心配しているアンジェが、今回の暴走を止めないのがリビアには気になっていたようだ。

アンジェは笑みを浮かべると、根本的な問題点について話し始める。

「問題ないさ。それに、リオンは取り返しが付く内に痛い目に遭えばいい。それから、ディアドリーは一度でも見合いを申し込みに来たと言ったかな？」

リビアが考え込む隣で、ノエルは少し顔を上げて思い出しながら話す。

「え？　お見合いでしょ？　だって、ユメリアさんが――あれ？」

ノエルもリビアも、ここに来て初めて理解する。

バルトファルト家やユメリアはお見合いだと思い込んでいたが、ディアドリーが一度もニックスとドロテアの見合いだとは言っていなかった。

アンジェは小さく溜息を吐きながら、肩をすくめて呆れる。

「正式な見合いも色々と面倒だからな。格が上がると余計に面倒な手続きがある。それらを無視して見合いに持ち込むわけがない。仮にやるとしても、ローズブレイド家ならもっと丁寧に外堀を埋めるだろうさ」

ノエルが少し身を乗り出しながら、アンジェにバルトファルト家の反応について問う。

「でも、リオンも家族のみんなもお見合いだって信じていたわよ？」

アンジェが困った顔をしながら、バルトファルト家の問題について話をする。

「問題はそこだ。良くも悪くも、バルトファルト家は中央から離れた田舎の男爵家だ。中央のやり方に疎いからな。勘違いした理由もそこにある。今まではこれで良かったんだが、リオンが出世すぎたからな」

　悲しそうな目をするアンジェは、リオンの出世にバルトファルト家も巻き込まれていることに申し訳ない気持ちを抱いていた。

　田舎でノンビリしていた男爵家が、今では宮廷争いに巻き込まれる立場になっている。

「リオンもリオンの実家も、今まで通りにはいかない。ローズブレイド家が接触してきたのがその証拠だよ」

　それを聞いて一番に落ち込むのは、ノエルだった。

　ノエルはアルゼル共和国から連れて来られた理由が、エネルギーを生み出す聖樹の苗木の管理者――巫女だからだ。

　将来的に電力に困らないという、とんでもない植物を管理できる立場にある。

　そんなノエルを保護したのがリオンだ。

　ノエルは自分のせいでリオンが、巻き込まれたくない権力争いに無理矢理参加させられていると思ったようだ。

「あたしのせいなの？　あたしが、リオンに守ってもらっているから」

　権力者ならば絶対に手に入れたい聖樹の苗木を管理できるノエルは、下手に解放すればどこかの国に連れ去られてしまう。

　それを守っているのがリオンであるため、迷惑をかけていると思っていた。

　だが、その話をアンジェが即座に否定する。

「残念だが、ノエルに出会う前からリオンは宮廷争いに絡むことが決まっていたよ。私と一緒になったのが理由だ」

(そもそも、父上も自派閥に組み込むために私の婚約を認めたからな)

公爵令嬢を婚約者に持ってしまえば、嫌でも権力争いに加わることになる。

公爵であるアンジェの父ヴィンスは娘に甘い部分もあるが、それだけでは大貴族の当主は務まらない。

当然、リオンの力に期待して娘との婚約を認めている。

そこに娘への優しさもあったのは事実だが、公爵令嬢を一代で成り上がった当時子爵のリオンに嫁がせるなど異例だった。

娘への情もあるが、しっかりと利益も考えている。

「ついでに言えば、現時点でノエルよりも注目されているのはリオン本人だよ」

アンジェの説明にノエルは少し不思議そうにする。

続きをアンジェが話そうとすると、部屋にノック音が強く響いた。

ノック音が大きく、ドアの向こうの相手が焦っているように三人が感じる。

「入って構わない」

アンジェが入室を許可すれば、慌ただしくユメリアが飛び込んでくる。

「た、大変です！　またお貴族様の飛行船が港に来たそうです！」

ユメリアの慌て具合から、普段付き合いのある貴族たちではなく――ローズブレイド家のような大物が来たのだろうとアンジェは予想する。

「面倒な事になってきたな。それで、どこの家だ？」

ユメリアはメモした紙を取り出して、相手の家名を言う。

「アトリーさんのお家ですね」

まるで隣の家の誰々さん、みたいな軽い感じで告げられた家名にアンジェの表情が消える。

「――クラリスか」

予想した人物は【クラリス・フィア・アトリー】だ。

宮廷貴族として領地は持たないが、王都で大臣職をしているバーナード大臣の娘である。

ディアドリーと同じく、大貴族のお嬢様だった。

「予想外」

先程までニックスとドロテアさんがお見合いをしていた場所は、何故か異様な雰囲気に包まれていた。

席について紅茶を飲む俺だが、香りも味も何故か普段より薄く感じる。

冬も終わってそろそろ暖かくなる季節だというのに、何故か妙に肌寒い。

ピリピリと緊張感に包まれた部屋で、俺は黙って紅茶を飲んでいた。

ただ、目の前にいる女性――学園を卒業したクラリス先輩は、嬉しそうに微笑んでいる。

「安心したわ。それなら、リオン君とディアドリー先輩のお見合いじゃなかったのね」

「俺には婚約者がいるんで、お見合いとかしないと思うんですけど」

クラリス先輩は、何故か俺とディアドリー先輩がお見合いをしていると勘違いしていた。

飛行船でバルトファルト領にやってくると、そのまま屋敷に乗り込んできた。

以前にエアバイクのレースで一緒になった先輩と、見知らぬ学園の女子生徒らしき人物が付き従っていた。

正論を言う俺の隣に座っているディアドリー先輩は、口元を隠して不機嫌そうな視線をクラリス先輩に向けていた。

「宮廷貴族はネチネチとした嫌みが得意よね。ローズブレイド家がそんなことをすると思っているのかしら？」

強引に俺との見合いを行ったと思われ、ディアドリー先輩は腹を立てていた。

クラリス先輩は涼しげに反論する。

「やってもおかしくないと思われているのが、そもそもの問題ではありませんか？　普段の行いを省みるべきですね」

人をペットにしたいと言う姉妹だから、婚約者がいる相手にお見合い話を持ち込んでもおかしくないと言いたいのだろう。

ディアドリー先輩は片方の口角を上げながら、笑みを絶やさないように言い返す。

内心、腸(はらわた)は煮えくりかえっているようだった。

後ろに控えているローズブレイド家の使用人たちなど、先程から目を細めて睨んでいる。

「婚約破棄をされて、自暴自棄になった人の台詞とは思えませんわね」

クラリス先輩のウィークポイントがあるとすれば、それはジルクに――あのジルクに婚約破棄され、夏の間だけ不良になったことだ。

その間に随分と羽目を外して遊んでいたため、淑女らしくない振る舞いと言われている。

クラリス先輩の後ろにいる二人の視線が、随分と険しくなっていた。

上半身だけ振り返った俺は、うちの使用人たちに助けを求める。

だが、使用人たちはサッと視線をそらしていた。

ユメリアさんなどは、何が起きているのか理解していないのかのんきな顔をしていた。

俺が振り返ったので、とりあえず手を振ることにしたようだ。

そんな姿に癒されていると、紅茶を一口飲んだアンジェが口を開く。

「睨み合いなら他でやれ。さて、それでクラリスはどんな用件で訪ねてきた？」

場を仕切ってくれるアンジェがいて安堵していると、ルクシオンが俺の横で呟く。

『マスター、アンジェリカが仕切ってくれて安堵していませんか？』

「できる人に任せるのが俺の流儀だ」

『本当に役に立たないマスターですね』

「理解できていない状況に飛び込むほど、愚かではないだけだ」

何でギスギスしているのか、そもそもそこが不明だ。

『知ろうとしないだけではありませんか？』

「人間が全てを知ろうなんて傲慢が過ぎると思わないか？」

『何も知らずに生きていけると考える方が、私にとっては傲慢ですね』

ルクシオンとコソコソと話し込んでいると、クラリス先輩が飲み物を一口飲んで一呼吸置いてから話を始める。

「実は色々と相談があるのよ。私たちだけで話をしない？」

私たちだけ、というのは、互いに使用人を交えず話がしたいということらしい。

アンジェが視線をディアドリー先輩に向けると、扇子を開いて口元を隠して視線をどこかに向けた。

「別に構わないわよ。こっちも色々と話しておきたかったもの」

そのままチラリと俺の方を見てきたので、きっとドロテアさんに対するニックスの行動に不満があったのだろう。

ニックスの本心ではなく、俺の指示だと伝えておくべきだろうな。

こうして使用人たちに席を外させることになった。

◇

「何だか居たたまれないのよ。そりゃあ、紹介して引き合わせたのはうちの実家よ。けど、私としては肩身が狭いのよ。私は一人なのに、周りは仲良くしていて辛いのよ」

使用人たちがいなくなると、クラリス先輩は暗い表情で俯いていた。

理由は、先程後ろに控えていた二人だ。

卒業した先輩だが、アトリー家の紹介で一人の女性とお見合いをしたのだ。

俺は隣のリビアにコソコソと話をする。

「先輩って、俺とエアバイクのレースで勝負した人だよな？　あの男気のある人って、クラリス先輩が好きじゃなかったの？」

リビアの方もそう思っていたようだ。

「そうですよね。きっと複雑な気持ちだと思います」

エアバイクのレースで活躍した先輩は、学園卒業後はエアバイクを使用する仕事に携わっていた。

随分と頼もしそうな人だったし、今日もクラリス先輩の付き添いでうちに来ている。

以前はクラリス先輩のために、ジルクに復讐しようとした人だ。

先程の様子からは、相変わらずクラリス先輩を大事に想っている気持ちが伝わってきた。

ノエルは俺たちの話を聞いて、複雑な表情をする。

「王国の貴族も大変なのね」

三人でコソコソと話をしていると、クラリス先輩が俺たちに顔を向けてくる。

「気を遣わなくてもいいわよ」

どうやら聞こえていたようだ。

視線をそらして誤魔化そうとしていると、ルクシオンが空気を読まずにストレートに尋ねる。

『クラリスを慕っていた、学園を卒業済みの男性たちがいたはずです。彼らからのアプローチはなかったのでしょうか？』

取り巻きの男子生徒たちに好かれていたクラリス先輩だから、一人くらいは告白しているかもと思っていた。

しかし、どうやら事情が違うらしい。

クラリス先輩は引きつった笑みで答える。

「み、身分差があるからね」

取り巻きにいたのは普通クラスの男子生徒たちだ。

クラリス先輩とは身分が違いすぎて、結婚相手として釣り合わない。

ディアドリー先輩は扇子を開いて口元を隠しているが、随分と楽しそうなのが目元からでも読み取れる。

「恋ではなく尊敬だったのかしらね？　周囲が結婚している中で、一人取り残されて不安になったのね。淑女らしからぬ行動をした結果じゃないかしら？」

ジルクに婚約を破棄され、夜な夜な遊び歩いた過去がクラリス先輩には重くのしかかっていた。

男爵家や子爵家はともかく、伯爵家以上の家柄になるとホルファート王国は何故か貞操観念がしっかりしていた。

その理由は非常に残念なものだったが、クラリス先輩は言ってしまえば結婚相手になりえる家柄の男性たちから「遊び歩いていた子はちょっと」と避けられている。

本人も自覚しているのか、ディアドリー先輩をキッと睨み付ける。

「そうよ！　周りがドンドン結婚していく中、私一人なの！　それなのに、周りがみんな優しくするから、余計に居たたまれないのよ！」

両手で顔を隠して落ち込むクラリス先輩を前に、アンジェは腕を組む。

「それで愚痴をこぼしに来たと？　本心を言ったらどうだ？」

だが、アンジェはクラリス先輩の話を聞いても警戒していた。

どうしてかと思っていると、クラリス先輩が姿勢を正して笑みを見せる。

先程までの落ち込んでいた姿はどこにもない。

ノエルとリビアは、そんなクラリス先輩に驚いていた。

「あの人、ちょっと怖くない？」

「普段は優しい先輩ですよ。今は卒業生ですけど」

クラリス先輩とディアドリー先輩に視線を巡らせたアンジェは、不敵な笑みで応えていた。

そして、クラリス先輩がうちに来た理由を推察する。

「ローズブレイド家がバルトファルト家に近付いたから、お前がわざわざ出向いて調べに来たのだろう？　リオンとは知らない仲ではないからな」

うちのお見合いのために、わざわざアトリー家が動くとは思えなかった。

だが、アンジェが言うなら何か理由があるのだろう。

クラリス先輩は何故か俺を見て微笑む。

「それも理由の一つではあるわよ。けれど、相手があのドロテアなら、どうせ失敗に終わるでしょうね。もしくは、もう失敗したとか？」

俺が肩を動かして反応を見せれば、クラリス先輩はホッと一息吐いて安心した様子を見せる。

「リオン君の反応から見て、失敗したようね。これで安心したわ」

そしてカップに手を伸ばすクラリス先輩は、そのまま紅茶を一口飲もうとしたところでディアドリー先輩に言われる。

「あら？　いつローズブレイド家が失敗したと言いましたか？　お姉様はこれまでにないくらいに本気になりましてよ」

「はぁっ!?」

紅茶を吹き出しそうになるのを我慢してむせたクラリス先輩が、胸を押さえながらディアドリー先輩を見る。

「う、嘘よね？　あのドロテアが乗り気になったの？」

ディアドリー先輩がゆっくりと席を立つと、扇子を閉じてクラリス先輩へと向けて宣言する。

「妹の私から見てもこれ以上はないと断言できるくらいに本気でしてよ。ローズブレイド家は、本気でニックス殿を取りに行きますわ」

唖然とするクラリス先輩は、どうやらお見合いが失敗すると考えていたようだ。

しかし、これはどういうことだ？

ノエルが俺の服を指でつまむと、数回だけ引っ張る。

「どういうこと？　失敗したんじゃなかったの？」

「お、俺にも何が何だか」

あんなに酷い計画を実行させたのに、ドロテアさんが乗り気とはどういうことだ？

混乱する俺たちに、ルクシオンが言う。

『私としてもこの結果は予想外でした。マスターにはこれまでも予想を裏切られ続けてきましたが、今回の結果は斜め下に突き抜けたものでしたね。残念ながら、とんでもなく低い成功確率を引き当てたようです』

斜め下に突き抜けた結果――どうやらニックスは、ドロテアさんの心を手に入れたようだ。

「嘘だろ。どうしてあんな方法で成功するんだよ」

俺はニックスに何て言い訳をすればいいんだよ。

「何で成功するんだよ!?」

緊迫したお茶会から解放された俺は、ドロテアさんからの言伝(ことづて)をニックスに伝えた。

その結果、ニックスは頭を抱えている。

俺も頭を抱えていた。

「俺だって知るかよ!? 首輪を持ってペットになれとか言えば、どんなに考えても普通は失敗して当然だろうが! それなのに、相手は――」

ドロテアさんの言伝は『もう一度お目にかかりたいです』だった。

言伝だけでなく、とても丁寧な長文の手紙も預かっていた。

ご丁寧に贈り物まで添えられていたよ。

ついでに、あの場での無礼な態度の謝罪も書かれていた。

お見合い時とは別人のようだ。

ちなみに、ディアドリー先輩から聞いたドロテアさんの様子が――恋する乙女のようだった、と。

ニックスは俺に詰め寄ってくると、両肩を掴んで前後に何度も揺すってくる。

「お前、言ったじゃん！　俺は失敗のエキスパートだって言ったじゃん！　何で成功しているんだよ！」

ガクガクと揺さぶられる俺の代わりに、ルクシオンが愉快そうな電子音声で答える。

『前提条件が成功してはいけない、ならば立派に失敗しています。マスターらしい結果ですね。情報不足の私では導けない成功を手にしたとすれば、驚異的な結果ですよ。ほぼ失敗する中で、成功させたのですからね』

成功させようと思ったら、ルクシオンでもかなり難しかったそうだ。

その状況で成功させた俺って凄いらしい。

褒めているようだが、こっちは褒められている気がしない。

ニックスを突き放して距離を取った俺は、乱れた髪と服装のまま呼吸を整える。

「ペットになれ！　が正解なんて思わないだろ！　兄貴だって俺の意見に賛成したじゃないか！」

「確かにそうだけどさ！　俺は色々と犠牲にして頑張ったのに、お前が選んだ答えが大正解って何だよ！　俺にとっては大失敗だよ！」

俺はここで少し考えて――そして、結論を出した。

「もう諦めたら？」

俺の投げ出した答えに、ニックスは段々と鬼の形相になっていく。

俺に跳びかかってくると、久しぶりの兄弟喧嘩がはじまった。

「お前は良いよな！　あんなに美人で性格もいい相手がいるからさ！　それなのに、どうして俺は

——ちくしょうぉぉぉ!!」

ニックスの右拳を頬に受けて吹き飛ぶ俺を見て、ルクシオンが何故か嬉しそうにしているように見えたのは気のせいだろうか？

ローズブレイド家の飛行船。

ドロテアは自室で落ち着きなく歩き回っていた。

「嫌だわ、こんなことならもっといい服を持ってくるんだった。それに、初対面の時には髪型にもこだわっていなかったし——ニックス様に嫌われていないかしら？」

何事にも興味のなかったドロテアが、今は小さな事に悩んでいる姿を見てディアドリーは困惑している。

「問題ないと思いますよ。そもそも、お姉様は服にこだわる女の気が知れないと言っていませんでしたか？」

普段は外見など清潔で、ある程度整っていればいい、などと言って着飾る女性たちを馬鹿にしていたのがドロテアだ。

それなのに、今はそんな自分が嫌う姿そのものだった。

ドロテアがディアドリーに抱きついてくる。

「ディアドリー、ちゃんとお手紙と贈り物は届けたのよね？　ニックス様からの言伝は本当になかったの？　も、もしかして、嫌われたから返事がもらえないとか？」

「言伝を頼みましたよ。すぐにでも返事が来るのではありませんか？　そもそも、船から降りて直接言えばよろしいのでは？」

「い、嫌よ！　――はしたない女と思われたらどうするの？」

周囲にいた使用人たちは、手を握りしめて「あんたがそれを言うのか！」という言葉をグッと飲み込んでいた。

ディアドリーも我慢をし、少し間を空けてから話を続ける。

「まさか、お姉様の理想の男性がこんなところにいるとは思いませんでしたわね」

ドロテアは手を組んで祈るような仕草で聖女に感謝する。

聖女――それは神殿が崇める神に、最も近い位置にいたとされる女性。

ホルファート王国の建国に関わったとされる六人目の冒険者であり、聖女として長く民に慕われてきた存在だ。

冒険者が建国したホルファート王国では、もはや神格化された存在だ。

聖女が冒険者だったこともあり、冒険の加護を持つとされて貴族たちにも人気だ。

「聖女様に感謝を。願い続ければ夢は叶うのですね。まさか、最後に素晴らしい男性と知り合えるなんて思わなかったわ。どうして在学中に出会えなかったのかしら？　ニックス様と出会っていれば、学園生活はもっと楽しいものになっていたでしょうに」

頬を赤く染めて浮かれているドロテアを見て、ディアドリーは溜息を吐くように呟く。

「お姉様が本気になってくれて一安心ですわ」

◇

「お見合いじゃなかった!?」

ニックスに殴られた俺は、自室でリビアに治療魔法で手当てを受けていた。

殴られた場所の痛みは少し残るが、何もしない時より随分と楽になっている。

紫色に変色した部分も、今は少しだけ赤く腫れ上がっている程度にまで回復した。

そんな俺の姿を見ながら、椅子に座って呆れ顔を見せるアンジェが俺たちの勘違いを指摘してくる。

「そうだ。ローズブレイド家は正式に見合いを申し込んでいない」

「で、でも、親父たちが!」

「正式に申し込むとなると、もっと面倒な手続きがある。今回の場合、本当にただの顔合わせのようなものだ。気が合えば次回も、という程度のものだな」

「ディアドリー先輩たちも本気だったし!」

「向こうは本気だったろうな。感触が良ければ、そのまま正式に見合いを申し込むか、もしくは婚約まで突き進んだはずだ」

——えぇぇぇ。

俺自身、そして家族さえもお見合いを申し込まれたと勘違いしていたのか？

ルクシオンを睨み付ける。

「お前も気付かなかったのか？」

『予想はできましたが、マスターが見合いを前提に動いておられたのでどうにもなりませんでした。また、貴族社会の情報収集は命令されておりません。判断するには情報不足であり、確信が持てませんでした』

怪しいとは思っていたが、俺が疑わなかったので指摘しなかったらしい。

「お前って思ったより使えないよな」

『人工知能がいくら優秀でも、それを扱う側に問題があれば能力を十全に発揮できません。私の性能の問題ではなく、使いこなせないマスターの問題です。改善を要求します』

私は悪くないです、とアピールをしてくる。

「お前はその性根を改善したらどうだ？」

『考慮はします』

そんなルクシオンを掴もうと立ち上がるも、リビアに腕を掴まれた。

「まだ治療が終わっていませんよ」

「もう痛くないから大丈夫。それよりも、この裏切り者に制裁を与えないと」

「リオンさん、めっ！　治療が終わるまで動かないでください」

リビアに叱られて渋々腰を下ろして治療を再開すると、ルクシオンがこれ見よがしに近付いてくる。

ギリギリ俺の手が届かない範囲に来て、わざわざ煽ってくる。

『結果をまとめます。つまりマスターは、余計なことをして失敗して欲しい兄君の結婚を後押ししてしまったのです。お相手どころか、兄君にまで酷いことをさせて失敗したわけです。少しは反省しましたか？』

「まだ終わっていない。ここからいくらでも巻き返せるさ」

まだ俺は諦めていなかった。
・ルクシオンがヤレヤレと一つ目を横に振り、部屋を出ていくとアンジェも続いた。
俺とリビアの二人が部屋に残される。

リビアは俺の怪我を治療しながら、学園に入学したばかりの頃を思い出していた。

俺の怪我が治っていくのを見て、少し頬が緩んで優しい顔をする。

「こうして治療をしていると、一年生の頃を思い出しますね。私がリオンさんと一緒に行動するようになって、初めてダンジョンに挑んだ時を覚えていますか？」

あの頃の俺は婚活をしながら、リビアの様子が気になって色々と面倒を見てきた。

それが正しいと信じて疑わず、余計なことにまで手を貸してリビアの成長を妨げた。

本来なら強い子に育っていたはずなのに、俺のせいで精神的に脆くなってしまったのは今でも後悔している。

ただ、その後にリビアは自分で強く成長して見せた。

俺がいなくてもきっとリビアは自力で問題を解決したのだろう。

ルクシオンがいなければ、何もできない俺とは正反対だ。

「覚えているよ。油断してモンスターに襲われて怪我をした時だ。その少し前にリビアをお茶会に誘って、それからよく話すようになったっけ」

いじめられている姿を見て、放っておけなくて声をかけた。

今にして思えば、アレが大きな分かれ道だったと思う。

あそこで声をかけていなければ、このような状況にはなっていなかったはずだ。

——別に後悔はしていないが、取り返しのつかないことをしたとは思う。

リビアはあの頃を思い出して、嬉しそうにする。

「何度もお茶会に誘ってもらいましたね。お茶会の前の日に、ウキウキして寝られないこともあったんですよ」

「そうなの？」

俺のお茶会に参加するだけで、まるで遠足の前日に眠れない子供のような反応をするとは思ってもみなかった。

「私にとっては、お茶会に呼ばれるのも特別なことでしたからね。それから色々あって、アンジェとも仲良くなりましたね」

リビアが色々とまとめた部分は、ユリウスたち五馬鹿とのいざこざだろう。

語りたくもないのか、一言で終わらせてしまった。

リビアも五馬鹿に対する反応は冷たいな。

本来なら、あいつらとリビアは恋人になっていてもおかしくなかったのにね。

「色々ある前は、まだアンジェとも親しくなかったな」

「そうですね。アンジェはお姫様で、こんな風に仲良くなれるとは思ってもいませんでした」

「確かに近付くこともできない人だったな」

リビアが俺の右手を両手で上下から挟み込むように握り、そして上目遣いで覗き込んでくる。

「リオンさんも同じですよ。あの頃の私は、こんな風になれるとは想像していませんでした」

俺はリビアと婚約できるとは思ってもいなかったし、まさか二人——いや、三人と婚約することになるとは想像もしていなかった。

最初の頃は、あの乙女ゲーの主人公だから、近付きながらも微妙な距離感を保とうと考えていた。

誰かがリビアを幸せにしてくれるし、それが正解だと信じて疑わなかった。

今にして思えば、俺は何をしていたのだろうか?

あの五馬鹿がリビアを幸せにする？　無理だな。

ゲームでは美形で優秀なキャラクターだった五人だが、今の姿は残念すぎて目も当てられない。

リビアですら、五馬鹿のことを「あの五人はないです」と強く拒否している。

「俺だってこんなことになるとは思わなかったよ。あの頃は男爵予定だったけど——今は何を間違ったのか侯爵だよ。数年前の俺に言ったら、絶対に信じてくれなかったはずだ」

未来から来た自分に「お前は将来的に侯爵になって妻が三人になる！」と言われたとしても、何かの冗談だと思うだろう。

本当に色々とあって——何故か攻略対象の四人が俺の部下になっている。

おまけに王子様も添えられて、馬鹿共の面倒を見る羽目になるとは予想外にも程がある。

リビアは俺の肩に額を当てる。

優しい匂いを感じて緊張していると、嬉しそうに当時の気持ちを話してくれた。

「私だって信じられません。今でも夢じゃないかって思うんです。私にとって、リオンさんは強くて優しい騎士様でしたからね」

「優しい騎士？　確かに間違いじゃないけど、俺って人よりちょっと卑怯だよ」

自分でも手段を選ばないところがあるとは自覚している。

ただ、それは俺が凡人であると自覚しているからだ。

そのため、勝つために準備を怠らないのは当然だ。

「えっと——ちょっとかどうかは、私には判断できませんけど」

困ったような声になるリビアは、顔を上げて満面の笑みを見せてくれた。

「リオンさんは、私にとっては今でも優しくて強い騎士様ですよ」

何故か抱きしめたくなってリビアの肩に手を伸ばすが、本当に触っていいのか一瞬だけ悩んで体の動きが止まった。

すると、リビアの方から体を寄せてくれた。

ただ、リビアは少し悲しそうな顔をしていた。

「だから、今はゆっくり休んでください。リオンさんは色々と頑張りすぎです」

「心配しすぎだと思うけどね。でも、リビアに言われたら黙って従うよ」

「本当ですか？　無理をしていませんか？」

「俺は嘘を吐かないよ」

ルクシオンがいれば『おや？　早速嘘ですか？』とでも言いそうだが、ここにいるのはリビアだ。

俺の冗談交じりの返事を聞いて、リビアはクスクスと笑っていた。

「嘘は吐かない、ですか。今は信用します。でも――もしも嘘だったら、縛り付けてでも休んでもらいますからね」

――ちょっとゾクリとしたけど、俺のことを思っての台詞だよね？

◇

部屋を出たルクシオンは、廊下に出てアンジェを待っていた。

アンジェがルクシオンを見て立ち止まる。

「何か聞きたいことがあるのか？」

『はい。アンジェリカは、ローズブレイド家の思惑に気付いている様子でした。それなのに、マスターの勘違いを訂正しなかったのは何故でしょうか？』

「そうだな――」

ただの顔合わせと気付いていたアンジェだが、当然ながらローズブレイド家の思惑は他にもある。

それを気付きながら、リオンには何も教えなかった。

「――いい機会だった。リオンは何故か自己評価が低い。いや、低すぎる。この際だから、自分で己の価値に気付くのを待っていただけだ」

『ローズブレイド家がマスターの兄君と結婚してもよろしいと？』

「お前だって気付いているはずだ。――リオンは活躍しすぎた」

ホルファート王国の危機を救い、そして防衛戦無敗と言われたアルゼル共和国すら倒して見せた。

英雄と呼ばれてはいても、それを誰もが喜ぶとは限らない。

当然ならが邪魔に思う人々もいるが、同時に警戒すべきは今後リオンに近付いて利用しようとする者たちだ。

「これからは色んな人間が嫌でも関わりを持とうとやってくる。私が警戒してもいいが、本人に自覚がなくては困るからな。――ただ、首輪の話はやり過ぎだった。失敗して、一度痛い目を見れば反省すると思っていたんだがな」

まさか成功するとは思わなかった、とアンジェも困惑していた。

ルクシオンはアンジェに忠告する。

『マスターの不利益になるようなことがあれば、私は貴女でも容赦はしません』

ルクシオンの台詞にアンジェは微笑む。

「お前はそれでいい。それより、お前も気付いていたなら、どうしてリオンにこのことを教えなかった？」

ルクシオンなら気付いていたのではないか？

そんなアンジェの推測は当たっていた。

だが、ルクシオンはハッキリとは答えない。

『マスターには休養が必要です』

「それには同意するが、休養中でも教えるくらい出来ただろう？」

『余計な負担を減らすためです』

それを聞いてアンジェはルクシオンに近付いて、撫でるように触れた。

『何ですか？』

「お前もリオンが好きなのだな」

『アンジェリカの勘違いですね。マスター登録をした人物を守るのは、私の重要な任務の一つに過ぎません。人間のように好き嫌いの感情はありませんよ』

「普段は嫌いと言っている癖に」

アンジェにからかわれたと思ったルクシオンは、やや拗ねたような電子音声を発する。

『マスターに合わせているだけです。これで失礼します。それから、アンジェリカにも休息が必要なようです。判断力の低下が見受けられますよ』

さっさと飛び去っていくルクシオンを見送るアンジェが、最後に声をかけてくる。

「リオンの言う通りだな。お前は素直じゃないよ」

怪我の治療が終わって外に出ると、もう夕方になっていた。

「今日は濃い一日だったな」

ニックスのお見合いにはじまり、クラリス先輩までやって来て何故か緊張感のあるお茶会に参加させられて――本当に色々とあった。

明日はどうなるのかと心配しながら溜息を吐けば、何やら話し声が聞こえてくる。

「今日のお嬢様も格好良かったな」

「凜々しいよね。私もあんな風になりたい」

楽しそうな会話が気になり覗きに行けば、そこにいたのはエアバイクで知り合った卒業生の先輩と女子だった。

女子は俺よりも年下で、学園の後輩だろうか？

俺が顔を出すと先輩が気付いて手を上げる。

お辞儀をしてくる先輩と女子生徒に、慌てて頭を上げるように促す。

「よっ！　いや、もう侯爵様だったな。失礼しました、侯爵様」

「堅苦しいのは慣れません。それより、何の話をしていたんですか？」

先輩と女子生徒が顔を上げると、互いに視線を合わせてから俺の方を見る。

先輩が頭をかき、照れながら教えてくれる。

「クラリスお嬢様の話さ」

「クラリス先輩の？」

女子生徒も照れながら、先輩の腕に自分の腕を絡めた。

「実は、アトリー家の紹介で私たちは知り合ったんです。その時に、クラリスお嬢様の話で盛り上がって意気投合したんですよ。私は最近になって色々とお世話になったんですけど、クラリスお嬢様って素敵じゃないですか！」

瞳を輝かせる後輩に「う、うん」と困ったように返事をすると、先輩が鼻息荒く前のめりになって熱弁を振るう。

「そうなんだよ！　あの人は学生時代から面倒見が良くて、おまけに凄く優しくてさ。俺が学園を卒業したら、見合いまで面倒を見てくれたんだ。そしたら、お嬢様に憧れる良い子を紹介してくれてな。普段の話にも自然とクラリスお嬢様の話題が増えるんだよ。他の奴らも同じみたいだけどな」

「そ、そうですか」

俺は内心でクラリス先輩の愚痴が、全て嘘ではなかったのだと察した。

取り巻きの男子たちが次々に結婚していくのだが、お相手との話に出てくるのはクラリス先輩ご本人。

周囲が盛り上がっているが、当の本人は結婚の目処が立っていないそうだ。

モヤモヤした気持ちになっても仕方がない。

そこで俺は、気になった事を聞いてみる。

「あれ？　そう言えば、皆さんはクラリス先輩が好きでしたよね？　誰かが告白とかしなかったんですか？」

俺の質問に先輩も後輩女子も怪訝（けげん）そうな顔をする。

そして、二人で顔を見合わせて首をかしげていた。

「いや、身分差があるのは理解していますよ。それでも好きとか、そういう感情があるんじゃないかなって」

俺の説明を聞いて、先輩が首を横に振る。

「俺たちが？　恐れ多いって。あの人は、俺たちがそんな不純な気持ちを向けていい存在じゃないんだ。俺たちは、クラリスお嬢様が幸せならそれだけでいい」

後輩女子も胸に手を当てて深く頷いていた。

「そうだよね。クラリスお嬢様は私たちにとって女神だから。私の実家が困っている時に、手を差し伸べてくれたのがクラリスお嬢様だったの。優しいけど芯が強くて、それに振る舞いも完璧な憧れの人よ」

後輩女子が両手を組んでクラリス先輩との思い出を語った。

——何だこの扱いは？

クラリス先輩は尊すぎて、不純な感情を向けられるような存在ではないらしい。

これはクラリス先輩も苦労すると思うわ。

身近で支えてくれた先輩たちの中に、本人も気を許せる男子が一人か二人はいたはずだ。

それなのに、そんな先輩たちが「不純な気持ちを抱くとか恐れ多い」なんて言いだしたら、違う意味でショックだろう。

前世で言えば、アイドル以上？　でも、アイドルって本来は偶像って意味だから、崇める存在で間違いないのか？

二人は俺の前で如何にクラリス先輩が尊いのかを語ってくる。

後輩女子に詰め寄られた。

「それより、侯爵様こそクラリスお嬢様について何か思わなかったの？　今日は特に時間をかけて準備してきたのよ。美しいとか、可愛いとか、尊いとか褒めてくれました？」

「い、いえ」

後退り（あとずさ）をすると、すかさず先輩が距離を詰めてくる。

「それはいけない！　今からでも声をかけてください。クラリスお嬢様も、侯爵様に褒められたら喜びますよ。侯爵様に会えるって、今日はいつもより気合を入れて準備していたクラリスお嬢様が、それはもう本当に可愛くて！」

体育会系の先輩に敬語を使われ、血走った目で力説されると怖くて仕方ない。

俺は完全にビビっていた。

「あ、後でつ、伝えます！」

逃げるようにこの場を離れる俺は、とりあえずクラリス先輩に今日は綺麗だったと言っておこうと決めた。

言わなかったら、明日は二人に威圧されて大変な目に遭いそうだ。

そして、二人から離れた俺は、クラリス先輩に同情する。

「確かにこれなら、愚痴の一つも言いたくなるか」

何が酷いって、周りがクラリス先輩を称えているのが酷い。

本人が望んでいないのに、必要以上にクラリス先輩の話で盛り上がっているのだろう。

しかも、全員がカップルだ。

自分は一人なのに、周囲がイチャつきながら自分の話題で盛り上がっていたら腹も立つ。

文句の一つも言えれば良いが、周りは慕ってくれる者たちばかり。

「愚痴くらいには付き合っておくか」

俺の実家に滞在中くらいは、日頃の不満を口に出させておくとしよう。

クラリス先輩が滞在する部屋に向かう途中、そこに私服姿の姉と妹がいた。

廊下で二人が向かい合いながら、何かを言い争っている。

姉のジェナは、背の低い妹のフィンリーに指を突きつけて見下ろしていた。

「いいから大人しくしなさい！」

「どうしてよ！　ただのお客さんでしょう？」

「馬鹿ね。ローズブレイド家もアトリー家も、名門中の名門なのよ。あんたが恥をかけば、私の評判まで落ちちゃうでしょうが！」

どうやら、ジェナがフィンリーに大人しくするように言い含めているようだ。

学園にすら通っていないフィンリーは、まだ名門貴族について知識では知っていても実感はしていない。

その態度が、ジェナには緊張感がないように見えたのだろう。

ただ、俺は思ったね。

「まだ下がるだけの評価があったのか？」

ケラケラと笑って話しかけると、ジェナがキッと睨み付けてきた。

「あんた、クラリスさんにまで手を出していたって噂は本当だったのね」

「は？」

ジェナの話に首をかしげると、フィンリーが俺に嫌悪感丸出しの顔を向けてくる。

「はぁ!?　婚約者が二人もいて、また浮気したの？　最低ね」

また？　またって何だ？

俺は浮気なんてしていない！

「間違いを訂正してやる。俺は浮気なんてしたことがないし、そもそも婚約者は三人だ」

指を三本立てて二人の前に突き出して、「そこは間違えるな！」と強く強調してやった。

ジェナとフィンリーは、先程まで言い争っていたのに身を寄せてコソコソと話し合う。

「フィンリー、あんたもこんな男には気を付けなさいよ」

「お嬢様たちは、この兄貴の何を見て好きになれるの？　最低の屑野郎じゃない。私なら絶対に選ばないわよ。趣味が悪いわよ」

「確かに、全員趣味が悪いわね。お嬢様たちって、美男子を見過ぎてリオンみたいな顔が珍しく見えるのかしら？」

「贅沢な悩みよね。普通なら絶対に美男子を選ぶのに」

姉と妹に言われ放題だが、俺からだって言わせて欲しい。

「男子だってお前らみたいな心の醜い女子は選ばないけどな。そもそも、ジェナは卒業までに誰かに選ばれたの――か!?」

「ふんっ！」

言い終わる前に、大きく踏み込んできたジェナの拳が俺の顔面に叩き込まれた。

平手打ちではなく、握り拳を叩き込んで来やがった。

◇

「その顔はどうしたの？」

クラリス先輩の部屋の前。

ドアを開けて俺と向かい合うクラリス先輩は、俺の顔に出来た青痣を見て驚いていた。

「事実って時に人を傷つけますよね」

ジェナに「お姉様は卒業までに結婚できましたか？」などと聞いたと説明しようとしたが、よく考えるとクラリス先輩にとっても地雷になる話だ。

咄嗟に誤魔化した俺は、自分で自分を褒めてやりたいね。

――そう思うと、ジェナには言いすぎたな。

後で謝っておこう。

何だか、最近は家族に謝ってばかりな気がする。

前世も今も、俺は家族に迷惑をかけているな。

見た目よりも長く生きた経験があるのに、中身が成長していないことに悲しくなってくる。――まぁ、人間は歳を取ろうと中身は簡単に成長しないけどな。

クラリス先輩は俺の怪我に触れてくる。

「治療はオリヴィアさんにお願いした方が早いでしょうね」

クラリス先輩が手当てをしようと考えたようだが、リビアがいるため自分が手当てをするのは避けたようだ。

「これくらいすぐに治りますよ」

「男の子はすぐに見栄を張るわよね。それはそうと、何か用事かしら？」

もう着替えてラフな恰好をしているクラリス先輩に、俺は笑顔で今日の姿を褒める。

「今日のクラリス先輩は素敵でしたよ」

「――へ？」

「髪とか服とか、随分と時間をかけたって聞きました。可愛かったです。それじゃあ、俺はこれで」

手を振って離れていくと、惚けた顔をしたクラリス先輩も小さく手を振り返してきた。

これで、明日はネチネチ先輩に文句を言われずに済むだろう。

第04話「首輪」

翌日は朝から緊張感に包まれていた。

ドロテアさんは顔を赤らめて俯き、ニックスの方は昨日の事を思い出しているのか耳まで真っ赤にして俯いている。

二人揃って緊張して喋っていない。

「本物のお見合いみたいだな」

別室で様子を覗いている俺たちは、ルクシオンが壁に投影する映像を食い入るように見ていた。

ただ、前回とは状況が異なっている。

ディアドリー先輩が、昨日とは態度の違うドロテアさんにやきもきしていた。

「お姉様、普段の太々しさはどうしましたの！　昨晩はあんなに会話の練習に付き合わせておいて！」

二人は昨晩、夜遅くまでニックスとの会話の練習をしていたようだ。どんな話題を話すか？　どんな質問をするか？　そのため、ディアドリー先輩は少し寝不足のようだが、姉の情けない様子に興奮して眠気も吹き飛んでいるようだ。

その隣では、昨日まで睨み合っていたクラリス先輩が二人の様子を真剣な表情で見守っていた。

「ここはどちらかが動かないと、何もはじまりませんね」

ドロテアさんが昨日とは打って変わって恥じらっている。

その様子は確かに恋する乙女だが、ニックスの方は格上の相手に昨日の無礼な態度を責められないかと緊張している様子だ。

「兄貴が動く事はないな。弟の俺には分かる。情けない兄貴だよ」

ヤレヤレと肩をすくめると、俺の方を見てアンジェやリビア――ノエルまでもが驚いた顔を向けてくる。

何か言いたそうにしていたが、今の興味は動きを見せない二人らしい。

リビアがちょっと楽しそうに見える。

「どうなってしまうんでしょうね？　私としては、二人がちゃんと話し合ってくれるのを希望しています」

リビアらしい回答に、アンジェは少しワクワクしながら自分の考えを述べる。

「どちらかが話し始めないと動きが出ないな。いっそ、誰かが場を仕切って話題を振ったらどうだ？私が行ってもいいが？」

アンジェが乗り込んで強引に話をさせると言い出せば、ディアドリー先輩も立候補する。

「ならば私が適任でしてよ。姉妹ですし、ニックス殿とは同級生ですからね」

クラリス先輩は、そんなドロテア先輩の意見が納得できないようだ。

「クラスが違いましたよね？　同級生でも接点なんかなかったはずです。それなら、いっそ無関係の私はどうです？」

何故か女性陣が、昨日よりも盛り上がっているような気がする。

ノエルが車椅子に座って、画面を見つめていた。

「何だか気になって目が離せないわね」

楽しそうにしている女性陣から距離を取る俺は、一緒についてきたルクシオンとの雑談に興じる。

「恋愛話に夢中みたいだ」

『娯楽が少ない世界ですから、仕方がないのかもしれませんね』

前世の世界と違って、この世界は娯楽にあふれているとは言い難い。

そのため、他人の恋愛事情というのに興味津々な女性陣が多い。

『ところで、先程の情けない兄貴発言についてですが』

「何も言わずに黙っている兄貴を見て、そう思っただけだろ。実際情けないし」

『鏡を見て発言することを何度も進言してきましたよ。そもそも、兄君の情けなさよりも、マスターの方が問題だと周りが認識していますからね』

「いや、流石に兄貴ほど酷くないだろ」

そう言って女性陣を見れば、画面から視線を外して俺の方を見ていた。

リビアがアンジェに言う。

「リオンさんのいつもの冗談だと思いますか？」

アンジェは随分と悩みながら答える。

「どうだろうな？　冗談であって欲しいというのが、私の願いだ」

ノエルはドン引きした様子で、俺の言葉を否定してくる。

「リオンは恋愛に関して言えば、ニックスさんよりも酷いからね」

散々な評価にショックを受けていると、ディアドリー先輩とクラリス先輩も顔を近付けて小声で話している。

「どちらが酷いと思いまして？」

「どちらも酷いですが、昨晩は私の部屋に来て身なりを褒めてくれたのでギリギリ、リオン君の勝利でしょうか？」

「――お待ちなさい。私には何も言っていませんでしたわよ？」

昨晩のことだ。

先輩に言われてクラリス先輩の部屋を訪ね、身なりを褒めた。

約束を守っただけなのだが、何故か女性陣の視線が険しくなる。

側にいるルクシオンに助けを求めると、映像を投影しながら呆れた声を出す。

『一人だけ褒めれば問題が出ると気付かなかったのですか？』

「俺が褒めたところで喜ばないかと」

『他人が同じ事をすれば、マスターはきっとその人物を責めますよ。自己評価が甘いにも程があります』

どうしてこんなに責められているのだろうか？

もっと俺に優しくして欲しいと思っていると、映像に動きが出て来た。

『兄君から動き出しましたよ』

「ド、ドロテア――さん！」

ニックスが席を立って声を張り上げると、俯いていたドロテアも顔を上げて返事をする。

「は、はい！」

見つめ合う二人。

だが、ニックスは内心、冷や汗が止まらなかった。

(昨日とは別人みたいだ)

前回のドロテアは、ニックスを見ようともしない冷たい態度の目立つ女性だった。

だが、今目の前にいるのは年齢よりも可愛く見える女性だ。

ニックスにはどちらが本物なのか判断できない。

(だ、だけど、ちゃんと言わないと)

自分は事情があって急遽男爵家の跡取りになった男だ。

まともな教育も学園で受けておらず、父親の手伝いをしながら色んな仕事を覚えている最中だ。

本物のお嬢様であるドロテアが、そんな自分の妻になるとは考えられない。

身分が釣り合わないのもあるが、生粋のお嬢様が田舎で生きていけるとは思えなかった。

「バルトファルト家は都会と比べれば田舎です。それもドが付くような田舎になる。ドロテアさん、貴女はここで暮らしたいと思いますか？」

昨日とは違う言葉遣いに、ドロテアは少し戸惑いを見せていた。

「嫁ぐと決めたのならば、どのような場所でも暮らしていきます。そ、それでは駄目でしょうか？」

昨日は「ペットになる覚悟はあるか？」などと聞いて来たドロテアのしおらしい態度に、ニックスは戸惑う。

「だ、駄目じゃないけど――でも、真剣に考えた方がいい。都会暮らしに慣れた人には、ここはつまらないと思うから」

「え、えっと」

両者ともに戸惑っていた。

ニックスが席について口を閉じれば、またしても会話が止まって無言の時間が続く。

今度はドロテアが動いた。

「あの――私からもお伝えしたいことがあるんです」

ガチャリと音を立ててテーブルに置かれたのは、鎖が付いた首輪だった。

ニックスは一瞬だけ、昨日の首輪を自分が置き忘れたのかと思って――そこでドロテアが首輪を持っているのがおかしいことに気付いた。

「え？」

（どうしてこの人が首輪を持っている？　昨日は首輪を見て部屋を飛び出して、そこから屋敷には戻っていないはずだ。それに――――リオンが用意した首輪と違うじゃないか!?）

その首輪だが、鎖の両端にそれぞれ首輪が付いていた。

二つの首輪の内、一つをドロテアが自分の首に装着する。

そして、片方をニックスに差し出してきた。

（何これ？　本当に何これ!?　え、どういう意味？　もしかして、これが都会流の冗談なのか!?）

混乱するニックスに、ドロテアは顔を赤くしながらも微笑む。

「昨日は逃げ出して申し訳ありません。私はずっと待っていたんです。私に首輪をはめてくれる人を」

「へ？　あれ？　でも、首輪が二つ？」

首輪を受け取り混乱してまともに答えられないニックスに、ドロテアは続ける。

「正直、ペットで満足するような殿方には興味がありません。私が望んでいたのは、どちらか一方が主導権を握るギリギリまで競い合う相手です。相手に従うか、それとも相手を従えるか。競い合えるライバルこそが、私の求めていた殿方です。ニックス様に挑戦状を叩き付けられた時には、もう運命を感じてしまいましたわ」

ニックスから表情が消えた。

そして気付いてしまった。

（こいつヤベェ。嬉しそうに首輪を持ってくる時点でおかしいけど、夫婦で主導権争いをしたいとか

理解できない。俺が望んでいるのは、そもそも仲良し夫婦の両親だぞ。真逆じゃねーか！）

ニックスの理想は、ドロテアの理想と対極だ。

これでは絶対に反りがあわないと理解したニックスは、どうにかして断ろうと色々と考える。だが、どうしてもリオンの笑い顔が頭をチラついていた。

（こんな変な状況に追い込まれたのも全てリオンが悪い！　あいつが余計なことさえしなければ、俺が惚れられることもなかったのに！）

何故かドロテアに惚れられてしまった。

美女に興味を持たれるのはニックスも嬉しいが、どう考えても反りがあわない相手だ。

だが、それでも相手は格上のお嬢様だ。

穏便に断るために言葉を選んでいると、ドロテアが手を伸ばしてきた。

ニックスが持っていた首輪を手に取ると、そのまま装着させてくる。

鎖により互いの首輪が繋がれており、何とも言えない光景が広がっていた。

「一度でいいから、こうして理想の殿方と繋がってみたかったの」

恍惚とした表情でそんなことを言い出すドロテアを前にして、ニックスは冷や汗が止まらなかった。

（これ、絶対に駄目な人だぁぁぁ!!）

心の中でリオンに自分が持つ全ての罵詈雑言をぶつけつつ、この状況から逃げ出す方法を必死で考えるニックスだった。

「無理！　絶対に無理！」

第二回の面会を終えたニックスは、俺と作戦会議を行っていた。

目標はドロテアさんとの結婚を穏便に回避することだ。

ドロテアさんのニックスを見る目は熱を帯び、まるで捕食者のような気配を放っていた。

絶対に逃がさないという強い意志を感じたね。

「互いに首輪をはめて、緊張感を大事にする夫婦になりたい――兄貴の理想と正反対だな。もう諦めたら？」

拳を振りかざすニックスを前に、両手を挙げて降参のポーズを見せる。

「よし、話し合おう。こうなれば、貴族社会に詳しいアンジェが頼りだ」

アンジェに顔を向けると、ニックスに対して少しだけ申し訳なさそうにしていた。

「私もここまで上手くいくとは思っていなかったんだがな。何とかしてやりたいが、ここまで話がこじれると色々と難しい。いっそ、ニックス殿には、ドロテアと結婚する選択肢もありだとは思うが？」

ニックスは首を何度も左右に振り、強く拒否を示していた。

「無理です！」

「ドロテアが乗り気でなければ、断れたんだがな」

アンジェの当初の計画では、断ったところでただの面会だから問題なかったそうだ。

ニックスが嫌がれば、拒否しても問題なかったらしい。

ただ、ドロテアさんが本気になってしまった。

「厄介だな。ドロテアは実家の力を借りて、正式に見合いを申し込んでくるぞ。ローズブレイド家も本気になれば、外堀を全力で埋めてくるはずだ」

娘のドロテアさんを結婚させるために、伯爵家が本気になるらしい。

つい、本音がこぼれた。

「本気を出した伯爵家とか怖っ」

すると、ニックスが涙目で俺の胸倉に掴みかかってきた。

「お前のせいなんだよ！　どうして俺が伯爵家に狙われないといけないんだ！」

「狙われたのは命じゃなくて貞操だけどね」

美女に貞操を狙われるとか、ご褒美じゃんとサムズアップすると無言で首を絞められた。

俺たち兄弟のやり取りを見ていたリビアが、額に手を当てて溜息を吐いた。

「話がややこしくなってしまいましたね」

アンジェも反省しているらしい。

「手を出さなくても丸く収まると思って、放置したのが良くなかったな。だが、この縁談は悪い話じゃないぞ」

アンジェの話を聞いたニックスの動きが止まり、俺は解放された。

首を押さえてむせていると、ルクシオンが近付いてくる。

『自業自得です』

「ちょっとしたお茶目のつもりだったのに。それより、悪い話じゃないってどういう意味？　兄貴的には最悪みたいなんだけど？」

無言で何度も頷くニックスに、アンジェは少し困りながら説明する。

「個人の意見を無視して、家同士の繋がりなら悪くないという話だよ。ローズブレイド家は名門中の名門だ。財力も権力もある。そうした家と繋がれば、余計な煩わしさから解放されるぞ。——巻き込まれる煩わしさもあるにはあるがな」

アンジェが言う煩わしさとは、今後もバルトファルト家には色んな人々が集まってくるということらしい。

そうした際に、ローズブレイド家の名前があくどい連中から守ってくれるそうだ。

ニックスはその話を聞いて悩んでいる。

「家のためになるのか？　いや、でも——そんなことのために結婚を決めるのはちょっと」

家を守るために結婚を考えるニックスだが、田舎貴族は良くも悪くも貴族社会に疎い。

最低限のルールさえ守れば、後は自由に出来ていた。

権力争いとは無縁とは言わないが、本物の権力争いをしている貴族たちからすれば温い環境だろう。

家のために結婚する考えもあるが、自分の幸せについても考えている——と、思っていたらニックスは違った。

「――彼女が惚れた俺は偽物なんだ。俺と結婚しても、彼女は騙されたと思うはずだよ。家のために結婚して、愛もなく騙されたなんて酷いだろ？　実家の利益のために、そこまではさせられない」

ニックスが悩んだのは、どうやらドロテアさんのことだったようだ。

「兄貴」

相手のことまで考えているとは意外だった。

ルクシオンが俺に話しかけてくる。

『立派な兄君です。それなのに、マスターは余計なことをして困らせて――両者に対して失礼でしたね。反省してはいかがです？』

「痛いところを突くんじゃない！　――ま、まぁ、反省はするけどさ」

相手に嫌われれば良いと、越えては行けないラインを越えてしまったのは事実だ。

ニックスが深呼吸をしてから、俺たちに無理矢理笑って見せた。

「みんなにも迷惑をかけたな。謝ってくるよ。殴られるくらいは覚悟しているし、不満は何とか俺個人に留めてもらうようにお願いする」

「兄貴、俺も謝るよ」

「お前がいると面倒になりそうだからいいや。まぁ、俺のために動いてくれたのは事実だからな。

――でも、反省だけはしろよ。絶対だからな！」

何だかんだと言っても優しいな。

家族というのは実に素晴らしい。

でも、姉妹は除く。

◇

夕方の庭。

「結局、兄貴に迷惑をかけただけだったな」

溜息を吐く俺の隣には、ルクシオンと車椅子に乗ったノエルがいた。

アンジェとリビアは、ニックスの付き添いだ。

ドロテアさんに謝罪する際に、アンジェがいれば向こうも過激なことは出来ない――ということらしい。

アンジェにまで尻拭いをさせてしまった。

面倒になれば動いてもらうつもりだったが、実際にそうなると色々と考えてしまう。

ルクシオンは落ち込む俺に呆れている。

『悩むくらいならやらなければいいのです。口では強気な態度を見せて、実際に問題が発生すれば落ち込むのですか？　質が悪いですよ』

「俺だって反省くらいするよ」

『もう少し思慮深く動いて欲しいですね』

「愚か者には無茶な相談だな。――そもそも、それが出来ていれば今みたいに苦労してないからな」

庭にある花壇の縁に腰掛けて、ルクシオンと会話をしているとノエルが俺を元気づけようとしてくる。

「ディアドリーさんも許してくれたんだから、もう落ち込まなくても良いじゃない」

「傷付けたけどね」

あの後すぐに俺はディアドリー先輩に事情を話した。

首輪の件は本心ではなく、見合いだと思って失敗させるつもりだった――と。

ディアドリー先輩は言ったよ――『下手な芝居などせずに、正直に言って欲しかったですわね』とね。

俺の謝罪は受け入れてくれたが、ちょっと悲しそうにしていたな。

ディアドリー先輩には、事前に説明しておくべきだった。

アンジェには『今回の失敗を次に活かせ』と言われたし。

最初からアンジェは失敗すると思っていたそうだ。

俺に失敗を経験させておけば、骨身にこたえて次回から気を付けるだろう――と。

ある意味、知り合いであるディアドリー先輩が相手だから出来た手だ。

ただ、今後はまともな付き合いも出来そうにないな。

ドロテアさんに失礼すぎた。

――まぁ、どっちもどっちだと、ディアドリー先輩は今回の件は水に流してくれるとは言っていたけどね。

落ち込む俺を元気づけようと何度も声をかけてくるノエルだったが、屋敷からコリンがやってくる。

「ノエル姉ちゃん！　もう夕方だから寒くなるよ。早く部屋に戻ろうよ」

コリンはすぐにノエルの後ろに回り込むと、車椅子を押し始めた。

「ちょっと待ってね。まだ、リオンと話があるから」

ノエルがコリンに待ってもらおうとするが、そろそろ寒くなってきた。

やはり日が沈むと寒いため、ノエルには屋敷に入ってもらうことにする。

「いいよ。コリン、ノエルをエスコートしろよ」

「任せてよ！」

車椅子を押すコリンは、ノエルを気遣っている。

「行こう、ノエル姉ちゃん」

「いつもごめんね、コリン」

「ううん。ぼ、僕も好きでやっているから大丈夫だよ」

二人が去って行くのを見て、コリンの姿が以前より大きくなったことに気づく。

「コリンも成長しているな」

『肉体的にも精神的にも、健やかに成長していると判断します。マスターも成長されてはいかがですか？』

「成長したいと思って出来るなら、誰も苦労しないんだよ」

翌日の港は異様な雰囲気だった。

「お世話になりました。このような結果に終わり、残念に思います」

ドロテアさんが俺たち家族に頭を下げると、そのままローズブレイド家の飛行船へと向かう。

俯いて涙目のドロテアさんは、周囲の使用人たちに付き添われて俺たちの顔も見ずに乗り込んでいく。

ニックスに真実を教えられた際、ドロテアさんは涙したらしい。

憔悴(しょうすい)した彼女の姿に胸が締め付けられる。

ローズブレイド家の使用人や騎士たちが、ニックスに向ける視線はとても険しいものだった。

ニックスの隣に立つ俺は、小声で話しかける。

「何で俺の名前を出さなかったんだよ？」

「兄貴にも意地があるんだよ。お前に庇ってもらうなんて情けないだろ」

そう言って、ニックスはドロテアさんを見送ると港から去って行く。

代わりに俺の方にはアンジェが近付いてきた。

「言葉通りに受け取るなよ。ニックス殿は、お前に迷惑をかけたくないとリオンの計画を伏せたんだ。ディアドリーもそれを聞いて、黙ってくれたらしい」

「俺のために？」

「優しい兄上だな。得ようと思っても得られない存在だ。リオン、お前は自分の家族を大事にしろよ」

ローズブレイド家の飛行船が、港を出発して離れていく。

ディアドリー先輩も、結局俺に話しかけてくれることはなかった。

「――色々と失ったな」

安易な行動の結果によって、色々と失ってしまった。

アンジェは言う。

「どの道、断れば疎遠になっていただろうさ。それは向こうも覚悟しているはずだ」

◇

ローズブレイド家の飛行船。

船内の一室では、ディアドリーがドロテアを慰めていた。

「偶然とは怖いものですわね」

「そうね」

「今のお姉様に、気にしないようにと言っても無駄でしょうね」

「そうね」

「男は星の数ほどいますわ。その中には、お姉様が理想とする殿方がおられるかもしれませんよ」

「――もういいわ」

ベッドに横になり、枕を抱きしめているドロテアはディアドリーに背中を向けていた。

そして、今の気持ちを語る。

「いつまでも理想を追いかけるのは止めにするわ。戻ったらお父様には、どうぞ政略結婚にご利用くださいと伝えます。望むものが手に入らないのなら、いっそ何もない方がいい」

ディアドリーはドロテアの姿を見て、重傷だと思って溜息を吐く。

(普通に断ってくれたら、どれだけ良かったか)

リオンの突飛な計画のせいで、余計にこじれてしまった。

今後、バルトファルト家とローズブレイド家は縁を結ぶことはないだろうとディアドリーは考える。

(だからといって、敵対するわけにはいかず――本当に面倒な事をしてくれましたわね)

今のローズブレイド家に、バルトファルト家に報復する意思はない。

リオンの後ろにレッドグレイブ公爵家がいるのも厄介だが、一番の問題はリオン本人だ。

(お父様にも、しばらくはお姉様をそっとしておくように進言しておきますか)

ディアドリーが部屋を出ていこうとすると、慌ただしく騎士が部屋に入ってきた。

本来ならば無礼な振る舞いだったが、その慌てぶりからディアドリーは緊急事態だと察する。

「何事ですの?」

「空賊です！　十隻以上がこちらに向かってきています！」

「十隻ですって？　何故そのような数の空賊がここにいるのですか!?」

ローズブレイド家の家紋を掲げる飛行船に、空賊たちが襲撃をかけてきた。

◇

「リオン様、そろそろ立ち直ってくださいよ」

見送りを済ませた俺は、居間にあるソファーに横になり色々と考えていた。

その様子が落ち込んでいるように見えたのか、メイド服姿のユメリアさんに心配される。

ノエルも車椅子に座り、膝の上にケースから解放された聖樹の苗木——苗木ちゃんを載せていた。

どうやら、外の空気を吸わせるために運んでいる最中らしい。

「イジイジ考える気持ちも分かるけど、もう少し態度はどうにかした方がいいよ。アンジェリカさん、リオンが落ち込むから心配していたよ。『やり過ぎてしまった』って」

落ち込む俺の姿を見て、アンジェまでもがやり過ぎたと反省しているそうだ。

俺に色々と経験を積ませるために、見守ってくれていたアンジェを心配させるのは本意ではない。

「気にしなくていいのに」

「いや、気になるでしょ。それなら、いっそこの子の日光浴に付き合う？」

ノエルが苗木ちゃんを両手に持って、俺に差し出してくる。

「苗木ちゃんの？」

ユメリアさんが両手を握って、笑顔で教えてくれる。

「はい！　この子は本当ならお外の方がいいんです。でも、どこにでも植えられるわけではないので、今はこうして時々お外に出してあげているんですよ」

苗木ちゃんは聖樹であるため、どこにでも植えられるわけではなかった。

盗まれるのも心配だが、植えた場所によっては将来的に利権問題が発生する。

そのため、今は窮屈な鉢で我慢してもらっていた。

「苗木ちゃんを植える場所でも探すとするか」

暇だからルクシオンを連れて探しに行こうと考えていると、屋敷の中が慌ただしくなってくる。

「何だ？」

立ち上がって廊下に出ると、普段は港にいるはずのうちの役人が来ていた。

事務を担当しているような役人で、前世で言えば昔の事務員のような恰好をした男性だ。白シャツに黒い腕カバーを着用している。

細身で眼鏡をかけて、弱々しい感じの人だ。

そんな人が、急いで屋敷に駆け込んできていた。

今は玄関で親父と話をしている。

「空賊の数は十隻以上!?　ローズブレイド家の飛行船は無事なのか！」

「は、はい！　ローズブレイド家の騎士の方が、鎧に乗って港に不時着したんです。十隻以上の空賊に追われているらしく、救援を求めています」

役人に詰め寄る親父は、話の内容を聞いて難しい表情をしている。

うちみたいな田舎の男爵家は、軍艦飛行船の数が非常に少ない。

軍艦を一隻持つのにも、大きな維持費が発生する。

ただ、最近になって稼げるようになったバルトファルト家は、軍艦を増やして軍事力を増強している。

それでも、三隻しか保有していない。

単純に三倍以上の敵に挑むのは無謀だが、助けを求めてきたのはローズブレイド家だ。

ここで見捨てるのもまずい。

そんな難しい判断を求められている親父に、俺は近付いて話に加わる。

「場所を教えてくれれば、俺がアインホルンで助けに向かう」

親父は急に声をかけられ、上半身だけ振り返って驚いた顔で俺を見る。

「リオン？　いや、だがお前なら大丈夫なのか？」

親父はアインホルンの速さを知っている。

だが、何故かためらっていた。

「――やっぱり駄目だ。とにかく、人を集めて出港の準備だけはしてくれ」

「はい」

役人が飛び出していくと、俺は親父に詰め寄る。

「何でだよ？　俺が行った方が早いって！」

「お前はもう少し、周りを見たらどうだ？」

親父は屋敷を出て行く際に、俺の後ろに視線を向けていた。

振り返ると、そこにいたのはリビアだった。

「また戦うんですか？」

凄く心配した顔をするリビアは、俯いている。

「リビア？　大丈夫だって。ルクシオンもいるし、アインホルンなら空賊ぐらい蹴散らせるって。アロガンツもあるから安心だ」

リビアが顔を上げるが、表情は曇ったままだ。

「今は休んでくれるって言いましたよね？」

「だけど、ディアドリー先輩が」

数人の足音が聞こえてきたが、ルクシオンを連れたアンジェたちだった。

クラリス先輩の姿もある。

アンジェは、急いできたのか少し息が乱れていた。

「リオンは出るな。港には、うちとアトリー家の飛行船がある。数は合わせて四隻だが、男爵の戦力も加われば何とかなる」

俺を出させたくないのは、アンジェだけではなくクラリス先輩も同じようだ。

「ローズブレイド家は強いからね。空賊相手に簡単に負けないわ。アトリー家も手を貸すから、リオン君は休みなさい」

「――いや、出ますよ。その方が早い」

レッドグレイブ家、アトリー家――そして、空賊と戦っているローズブレイド家は、いずれもホルファート王国では名門だ。

軍事力にも力を入れているし、頼りになるのは間違いない。

だが、俺が出た方が簡単に片付く。

「ディアドリー先輩たちには迷惑をかけましたからね。ついでに、お詫びも兼ねて俺が出ます」

「待て、この分からず屋！」

アンジェが俺の手を掴もうとすると、廊下を走ってきたニックスが俺の胸倉を掴んで壁に押しつけてきた。

「兄貴？」

ニックスは眉間に皺を寄せて、俺を睨んでくる。

「リオン、手を貸せ。お前の力が必要だ」

「は？　いや、今から出るから」

「俺が助ける。ドロテアさんは、俺の方で何とかする。お前の飛行船を借りたい」

第05話「外道騎士の兄」

ローズブレイド家の飛行船は、雲の中に逃げ込んでいた。

十隻を超える空賊の飛行船に囲まれて勝てるわけもなく、全速力で逃げた先が雲の中だった。

視界が悪く少し先すら見えないが、おかげで敵からも発見されない。

だが、流れる雲の中にいつまでも隠れることも出来ず、いずれ外に出れば空賊に発見されることになる。

ディアドリーとドロテアは、部屋の中から窓の外を見る。

窓は濡れていて視界が悪く何も見えていない。

「救援を求めに向かった騎士たちが、無事に辿り着いてくれるといいのですけどね」

雲の中に入った際に、騎士たちが鎧に乗り込み飛び出した。

それぞれが違う方向へと飛んで行ったのは、助けを求めるためだ。

一人でもどこかの味方に辿り着けば、自分たちの生存率が上がる。

一番近く、頼りになる味方はバルトファルト家だろう。

(不誠実な振る舞いをした負い目もありますし、助けに来てくれるとは思いますが――問題は間に合うかどうかですわね)

自分たちが生きている間に助けに来てくれることを祈っていると、ドロテアが手を握って胸に当てているのが見えた。

不安なのか顔色が悪かった。

「ディアドリーは平気そうね。私とは大違いだわ」

震えているドロテアを見て、ディアドリーは笑みを浮かべて緊張をほぐそうとする。

本当は怖くて仕方がない。

だが、何度か危機的状況を経験しているために、ドロテアよりも少しだけ冷静でいられた。

一度目は学園の行事で公国の軍隊と遭遇した時だ。

二度目は公国が王都に攻め込んできた際だった。

戦場を身近で感じ、怖い目に遭ってきている。

「こう見えても何度も危機を乗り越えていましてよ。私は強運の持ち主ですから、今回も無事に乗り切れますわよ」

「頼もしいわね」

ディアドリーの態度を見て、部屋にいたメイドたちも安心したような顔をする。

だが、本人は強がっているだけだ。

(その二度とも、助けてもらったのですけどね)

どちらもリオンが助けてくれており、それを思い出したディアドリーは港を出る際の態度を反省する。

(もう少しちゃんと挨拶をしておくべきでしたわ。今生の別れになったとしたら、何とも寂しいですわね)

すると、窓から日が差し込んできた。

「雲を抜けた？　外の様子は!?」

隠れていた雲から抜け出した飛行船だったが、空賊の飛行船が窓から見えた。

部屋にいるのは女性ばかりで、小さな悲鳴がいくつも聞こえてくる。

窓の外から見えるだけでも、三隻の空賊を確認できる。

「手練れのようですわね」

ディアドリーが苦々しく呟く。

ローズブレイド家は領主貴族の中でも武闘派に位置している。

そんなローズブレイド家の娘たちが乗る飛行船だが、当然のように実戦経験豊富な者たちが配置されている。

そんな彼らでも逃げ切れないとなれば、相手も実力者なのだろう。

そもそも、十隻以上を率いている時点で空賊としては大物だ。

ただ、ディアドリーはそんな空賊たちの旗を見ても、名前が浮かんでこなかった。

そのため、他国から流れてきた新手の空賊たちと思い込んでいた。

「どこから流れてきた空賊かは知りませんが、ローズブレイド家に手を出してタダで済むとは思わないことですわ」

ローズブレイド家の飛行船が大砲を用意して、空賊たちを迎え撃つ準備に入っていた。

劣勢の中でも訓練通りに動いている。

空賊たちもその動きを見て、警戒したのか不用意に接近することはなかった。

だが、艦列を整えると大砲を並べて――そのまま砲撃を開始する。

大砲から放たれる砲弾が、ローズブレイド家の飛行船を守るために展開された魔法による障壁に阻まれて爆発を起こした。

衝撃が内部に届いて船内が激しく揺れる。

周囲に配置されている家具は固定されているため動かないが、激しい振動に人は倒れて小物などが散らばった。

「どうして攻撃しないのよ！」

ドロテアが混乱して叫ぶが、ディアドリーは外の様子から攻撃に転じても袋叩きに遭ってこちらが沈められると予想する。

(ここでは状況が詳しく分かりませんわね)

ディアドリーもドロテアもローズブレイド家の娘だが、軍人ではないためブリッジへの入室は邪魔になると判断され現在拒否されていた。

窓の外では、空賊たちの飛行船から刺々しい飾りを付けた鎧が次々に飛び上がっている。

その数は多く、十分な戦力を保有している空賊のようだ。

ディアドリーは、空賊たちの動きやその戦力にゾッとする。

（まるで軍隊ですわね）

空賊にしては連携が取れて、更に戦力も充実しすぎているように感じた。

迎え撃つためにローズブレイド家の鎧も次々に出るが、数は明らかに劣っている。

ディアドリーが最悪の展開を予想していると、空賊たちに突撃する一隻の飛行船が現れた。

その姿を見て、ディアドリーは扇子を開いて呟く。

「頼もしい姿でしてよ、アインホルン」

リオンが乗る特徴的な飛行船だけに、周囲もすぐに味方が到着したと気付いたらしい。

安堵の溜息と歓声があちこちで上がる中、ディアドリーは一人冷や汗を流していた。

堂々としているように周囲に見せるが、本当は怖くて仕方がなかった。

安心して気が抜けて崩れ落ちそうなのを、必死に耐えている。

ただ、ディアドリーから見て、アインホルンの様子がおかしい。

「アロガンツが出てこない？」

◇

アインホルンのブリッジは、むさくるしい男たちでいっぱいだった。

その筆頭が親父だ。

「本当に敵陣に突っ込んだぞ!?　お、お前ら、急いで出撃だ！　鎧は全部出せ！」

ブリッジで右往左往するバルトファルト家の兵士たちが、慣れない飛行船を操っていた。

俺は艦長の座る椅子に縛り付けられて、何もできない。

「何で俺が拘束されているのかな？」

「お前が無茶をするからだ。本当なら連れてきたくなかったんだぞ」

アインホルンはルクシオンがいなければ全力を発揮できない。

そして、ルクシオンは俺の命令にしか従わない。

結果的に俺も同行することになったが、その代わりに何もさせてもらえなかった。

「おかしいだろ。俺の船だぞ！」

「だから乗せただろうが。それより、ニックスたちは大丈夫なんだろうな？」

親父が心配するのは、鎧に乗り込んで出撃したニックスだ。

ルクシオンが、ニックスの乗り込んだ鎧について説明する。

『私の工場で生産した鎧になりますからね。性能は保証しますよ。空賊たちとの戦力差を計算しましたが、問題ないと判断します』

それでも親父は納得していなかった。

「戦争に絶対なんてないからな」

心配しすぎの親父に、俺は解放して欲しいと願い出る。

「それなら、俺も出て兄貴をサポートするからさ。とりあえず、解放してくれない？」

「お前はすぐに無茶をするから駄目だ」

『女性陣からきつく出撃させるなと言われています』

親父もルクシオンも、絶対に俺を出撃させないつもりらしい。

兄貴は大丈夫だろうか？

金属色で装飾の少ない鎧に乗り込むニックスは、周囲の仲間と一緒に空賊たちの乗り込む鎧と戦っていた。

空は敵味方入り乱れての乱戦状態になっており、アインホルンが大砲で次々に空賊の飛行船を攻撃して沈めていた。

いきなり現れたアインホルンに、空賊たちも混乱している。

だが、敵であると判断はできているようで、ニックスたちに襲いかかってきた。

「お前ら、誰の客に手を出したか分かってんのか！」

戦場に出て、普段よりも口が悪くなったニックスは敵を罵りながら攻撃していた。

ニックスの乗る金属色の鎧は、左手に盾を持っている。

右手にはグレイブ——薙刀（なぎなた）のような武器を持っていて、空賊の一機を突き刺して倒していた。

落下していく空賊の鎧だが、下は海なので運が良ければ生き残るだろう。

空の上で敵のことに気を配っている余裕もなく、ニックスは次の敵を探す。

「ちっ！」

舌打ちをしたニックスは、真上から急降下してくる一機の鎧を左手に持った盾で受け止めた。

そのまま二機が落下しながら、武器をぶつけ合っていく。

随分と手練れのパイロットが乗っているのか、敵は手強かった。

接近したことで、相手の声が届く。

『一本角の飛行船！　外道騎士の船だな！』

アインホルンは特徴的な姿の飛行船で、随分と有名のようだ。

また、リオンの二つ名まで知っていた。

「だったらどうした？」

ニックスの鎧が敵を蹴り飛ばすと、互いに距離が出来る。

空中で旋回しながら、時折接近しては武器をぶつけ合うような戦いをはじめた。

『お前が外道騎士か？』

「そいつは俺の弟だ」

『外道騎士に兄貴がいたのか？』

「地味な兄貴で悪かったな！」

会話をしながら戦っていると、どうやら空賊たちにまでリオンの名前が広まっているようだった。

それを聞いてニックスは劣等感を刺激される。

（出来の良い弟がいるせいで、目立たない地味な兄貴か――）

リオンは学園に入学してすぐに有名になった。

その言動からも目立っていたし、何かと話題になることが多い生徒だった。

そんなリオンに兄がいると知られれば、嫌でも比べられることも多くなる。

リオンの振る舞いに比べ、地味なニックスはよく陰で「不出来な兄」やら「目立たない兄」などと言われてきた。

そんな学園生活も一年で終わったが、その後もリオンが活躍する度に話を聞いて自分と比べてしまった。

どんなに頑張ってもリオンのようにはなれないと思って、どうして兄弟でこんなにも違うのだろうかと悩んだ。

嫉妬をしないと言えば嘘になる。

英雄のように派手に活躍したリオンは大出世を果たして、気が付けば美しく性格のいい婚約者が三人もいる。

羨んでも仕方がないとは理解している。

だが——ニックスはそれ以上に優しい男だった。

(どいつもこいつも、リオンは英雄だとか凄い奴だとか——そんな奴が、俺にどれだけ迷惑をかけてきたことか！)

ニックスの中では、リオンはいつまでも手のかかる弟だった。

『外道騎士が出てこないなら怖くない。お前を倒して、俺は逃げるとするさ！』

追いかけてくるニックスを倒し、敵はこの戦場から逃げ出そうとする。

ニックスは鎧で全速力を出して敵に接近すると、盾で殴りつけて体勢を崩させた。

「お前らごときには、あいつが出るまでもないんだよ！」

ニックスは、アインホルンに乗り込む前の事を思い出す。

「リオンを戦わせるなだって？」

「お願いします」

アインホルンに乗り込む前。

訪ねてきたのは、アンジェとリビア——そしてノエルの三人だった。

アンジェは公爵令嬢だが、今はニックスを前に頭を下げている。

「俺が止めたってあいつは出るだろ？」

「それを止めて欲しいのです」

アンジェに頼まれて困惑するニックスに、今度はリビアが事情を話す。

「リオンさん、短い間に戦いすぎて自分で思っている以上に精神的に追い込まれていると思うんです。共和国でも無茶ばかりするから、眠れなくなって薬に手を出したんです。だから！」

薬に手を出したと言う話を聞いて、ニックスはリオンが思っているよりも辛いのだろうと気付かされた。

心配そうにするリビアが声を詰まらせると、ノエルが引き継いだ。

「ニックスさんには悪いと思っているんです。でも、ルクシオンも、今は休ませた方がいいって言いましたから。お願いです。リオンが戦おうとしたら、止めてください」

三人が酷くリオンを心配している姿を見て、ニックスは小さく頷いた。

(羨ましいな。リオン――お前、愛されているじゃないか)

「大体、あいつはいつも自分で首を突っ込む癖に無理をして、周りを心配させる迷惑な奴なんだよ！侯爵様になったのに、未だに俺に尻拭いをさせるしさ！」

八つ当たり気味に空賊の鎧を蹴り飛ばし、持っていたグレイブで敵の武器を弾いた。

ニックスが距離を詰めると、敵は慌てて距離を取ろうと背中を見せる。

そこにグレイブを突き刺した。

パイロットは無事なのか、大きな悲鳴が聞こえてくる。

『わ、分かった。降伏する！　降伏するから見逃してくれ！』

「今更遅いんだよ。頭を冷やして来いや！」

突き刺したグレイブを引き抜くと、鎧は海に落下していく。

ニックスは乱れた呼吸を整えつつ、周囲に残っている敵を見つけるため視線を動かした。

「あいつは本当に――周りにどれだけ心配をかけるつもりだよ。こっちの身にもなれよ。俺だって、お前にばかり構っていられないんだぞ」

リオンの身を案じる優しい義理の妹たちを思い出す。

同時に、ニックスは安心した。

「――でも、あんな子たちが側にいれば、リオンはもう安心かな」

幼い頃に面倒を見てきた弟が、独り立ちしていく姿に寂しさも感じる。

手のかかる弟から解放されると心の中で軽口を叩きつつ、視線の先に見つけたのはローズブレイド家の飛行船に乗り込んだ敵の鎧だった。

「往生際が悪い奴らだ！」

ローズブレイド家の甲板目指して飛ぶ。

空賊の鎧が甲板に降り立ち、最後の悪あがきで暴れ回ろうとしていた。

そこにニックスは突撃する。

盾を構えて体当たりを行うと、敵の鎧は甲板から吹き飛ばされて落下していく。

衝撃が強すぎたのか、どうやら今の一撃で行動不能になったらしい。

それは、ニックスも同じだった。

「やっちまった」

コックピット内に危険を知らせる警報が鳴り響き、機体の各部に問題が発生したことを告げてくる。

ただ、戦闘も終わったようだ。

周囲は静かになっており、ニックスは安全を確認してからハッチを開けて外へ出た。

「ルクシオンに怒られるかな？」

借りた鎧を壊したことを心配するニックスが、甲板に降り立つとローズブレイド家の人間が集まってきた。

その中には、港から出港する際に睨んできた騎士の姿もある。

今は笑顔でニックスの手を両手で握っている。

「本当に助かりました！　あなたは命の恩人だ」

「え？　い、いや、まぁ」

曖昧に笑って誤魔化すニックスは、少しだけ気が楽になる。

(これで、迷惑分はチャラになったかな？)

人が集まって賑やかになると、船内から女性たちが出てくる。

その中にはドロテアの姿もあった。

「ニックス様？」

お礼を言いに来たのだろう。

だが、甲板にいたのがニックスだと気が付くと、ドロテアは随分と驚いた顔をしていた。

それはニックスも同じである。

「――ドロテアさん」

先程までお祝いムードだった甲板だが、二人が顔を合わせると何とも微妙な雰囲気になってしまった。

ニックスは申し訳なさそうにするが、ドロテアの方は俯いて悲しそうにしていた。

ドロテアがニックスにお礼を述べる。

「ローズブレイド家を代表して、お礼を述べさせていただきます。救援感謝致します。ニックス様は我々の命の恩人です」

ニックスは命の恩人と呼ばれ、両手を振って否定する。

「そ、そんな大それたものじゃない」

ドロテアはニックスの言葉を聞いて、悲しそうに微笑む。

「謙遜も過ぎれば嫌みになります。あなたは確かに私たちを命懸けで助けてくださいました。これを軽んじる発言は、私たちの命がその程度だと言われているのと同じです」

田舎でノンビリ過ごしてきたニックスは腰が低いが、それも過ぎれば失礼になると言われて改めて謝罪する。

「そうですね。俺が間違っていました」

お礼の言葉を受け取るが、そのまま二人は向かい合って口を開かず時だけが過ぎる。

周囲が二人の姿を見てやきもきしていると、ディアドリーがわざとらしく扇子を開いて口元を隠す。

そして、周囲に指示を出した。

「お客人のお世話はお姉様にお任せするとして、他は全員持ち場に戻りなさい。――お姉様、お客人を船内へ」

ドロテアに案内するように促してから、ディアドリーは近付いてくるアインホルンに視線を向けた。

「私はあちらとお話しします」

アインホルンとローズブレイド家の飛行船が空中で並ぶ。

周囲には味方の飛行船が、空賊たちを拘束していた。

アインホルンの甲板にやって来たディアドリー先輩の相手をするのは、何故か今まで拘束されていた俺だ。

側にはルクシオンもいるが、他は忙しそうに働いている。

親父も理由を付けて、ディアドリー先輩との話し合いを避けていた。

——格上の相手との話から逃げやがった。

まぁ、相手は俺の知り合いだから、話をするなら適任と考えたのだろう。

ディアドリー先輩は上機嫌だ。

「何度も助けていただきましたわね。このお礼は必ずしますわよ」

それならいっそ、俺を降格させて欲しいと願い出たかった。

だが、どうせ何をやってもローランドが邪魔をする。

「お礼なら今回の件をチャラにしてくださいよ。本当は兄貴――ニックスじゃなくて、俺が迷惑をかけたこともドロテアさんに伝えてください」

「私の方から伝えておきますわ。それはそれとして、改めてお礼をしたいのでローズブレイド家の本領に招きたいのだけれど？」

命の恩人を家に招いて、お礼の宴でもするのだろう。

それくらいの手柄だろうが、俺たち一家は堅苦しいパーティーが苦手だ。

参加してもきっと楽しめないだろう。

しかし、招待されて拒否するのも問題だ。

今回のお詫びも兼ねて、ローズブレイド家にお邪魔するとしよう。

多分、そこで俺が謝ってこの話はおしまい――に、して欲しいな。

「堅苦しいパーティーは苦手ですから、気軽なものがいいですね。田舎者ですから、マナーには疎くて」

「任せておきなさい。お客様に恥はかかせませんわよ」

改めて家族揃ってローズブレイド家にお邪魔するとして、俺は首をめぐらせてニックスを探す。

「それより、うちの兄貴はどこですか？」

二機の鎧に抱えられるように運ばれてくるのは、ニックスが乗り込んでいた鎧だ。

だが、パイロットの姿がない。

ディアドリー先輩が扇子を広げて口元を隠す。

「お姉様とお話し中よ」

◇

船内にある応接室。

テーブルを挟んで向かい合うニックスとドロテア。メイドが用意したお茶を飲み干し、カップは空になっている。

ドロテアがメイドを退出させたため、二人だけだ。

(俺はこんなところで何をしているのかな?)

傷付けた相手と話すこともない。

これ以上不快な思いもさせたくなかったのだが、改めて謝罪をすることにした。

だが、先にドロテアが声をかけてくる。

「一つ聞かせてください」

「は、はい!」

声が裏返ってしまったニックスは、膝の上に拳を置いて背筋を伸ばした。

向かい合っているドロテアだが、随分と疲れた表情をしている。

空賊に襲われて、随分と怖い思いをしたのだろう。

ニックスは、弱々しいドロテアが涙目になっていることに気が付いた。

彼女がポツポツと話すのは、ニックスが自分を受け入れなかったことについてだ。

「私では駄目なのでしょうか？」

「え？」

「ニックス様は、私が嫌いなのでしょうか？　どこが駄目か教えて欲しいのです。直せるところは直します。ですから――」

最後の言葉をドロテアは飲み込み、首を横に振ってから背筋を伸ばしてニックスに笑顔を向けてくる。

「――失礼しました。今後のために、どこが受け入れられなかったのか聞こうと思っただけです」

「そ、そうですか。えっと――別に貴女が嫌いというか、そんなことはないんです。とっても綺麗だし、俺にはもったいない」

「それでは、何が駄目なのでしょうか？　く、首輪ですか？」

ドロテアも自分の趣味が一般的だとは思っていなかったのだろう。

ニックスも「そうだよ」と言いたかったが、大人なのでオブラートに包んで伝えることにする。

「趣味は人それぞれだと思いますけど、いきなり首輪はどうかと思います。もっとお互いを知ってからでしょうか？　――俺が言っても説得力はありませんけどね」

(リオンなら素直に駄目なところを指摘しそうだな)

弟の我の強い部分が、ニックスは羨ましくなる。

だが、自分はリオンとは違う人間だとも理解していた。

ドロテアが俯くと、ニックスは自分の理想を話す。

「俺は田舎者ですから、都会の派手な暮らしは肌に合わないんです。貴族なら政略結婚が普通なんでしょうけど、両親がノンビリした夫婦ですからね。あんな風になれたら良いな、とは思っています」

バルカスとリュースのような夫婦になれたらいい。

「どっちかがどっちかを従えるのは違うというか、俺には合いません。だから、俺と貴女は一緒にならない方がいい」

性格の不一致で、両者揃って不幸になる未来を予想する。

ドロテアに合わせればニックスの負担が大きくなり、その逆をすればドロテアは不満だろう。

ドロテアが顔を上げる。

「最初にこんな風に話をしておくべきでしたね」

少し悲しそうに微笑むドロテアの顔は、険が取れて穏やかになっていた。

人を寄せ付けない冷たい女性の印象はそこにはなく、ニックスも見惚れるほどだった。

「そ、そうですね。ちゃんと話していれば、こんな面倒なことにもならなかったですし」

ニックスもドロテアを傷付けなくて済んだ。

(リオンに頼らず、俺がしっかりしておけば良かったんだ。だらしない兄貴だな)

ニックスは、俯いて自嘲する。

顔を上げて姿勢を正すと、ドロテアに頭を下げる。

「本当に申し訳ありませんでした」

ドロテアに声をかけられ、ニックスは顔を上げる。

「もう十分に謝罪していただきました。――ただ、これだけは言わせてください」

文句の一つくらいは言われる覚悟をすると、ドロテアが照れている。

「私たちの窮地に駆けつけてくださったニックス様は、地味などではありませんでした」

「え？　も、もしかして、聞いていたんですか？」

空賊との会話を聞かれていたことを知り、恥ずかしくなったニックスが顔を赤くする。

ドロテアはそんなニックスが面白かったのか、笑顔を見せる。

「危機に颯爽と駆けつけてくださる騎士様も、恥ずかしがるのですね」

「いや、まぁ、はい」

「貴方は立派な人です。もっと自信を持った方がいいですね」

「出来る弟を持つと、どうしても比べてしまいますからね」

「あら、やはり弟さんに思うところが？」

「ないとは言いませんけどね。でも、リオンみたいに出来るかと言われたら、俺には無理なのも理解していますから」

そのまま会話が弾み、二人はメイドが呼びに来るまで笑顔で話を続けた。

最初の面会時よりも、穏やかに話す二人の姿がそこにあった。

◇

ローズブレイド家の本拠地は都市になっていて、大きな城を持っている。

城の主であるローズブレイド伯爵は、娘二人が空賊に襲撃されたと聞いて随分と心配していたようだ。

「二人とも無事に戻ってきたことを嬉しく思う」

背も高く鍛えた体をしており、厳格そうな顔付きをしていた。

だが、城に戻ってきた二人に抱きついている。

ドロテアもディアドリーも、そんな父親にやや呆れた表情を向けている。

何しろ、周囲には家臣たちがまだ残っている。

娘二人に甘い様子を見せられて、家臣たちも困っていた。

「お父様、周りの者たちが困っていますわよ」

「私がどれだけお前たちを心配したと思っている！　お前たちが襲撃された場所には、ローズブレイド家から討伐軍を出すぞ。あの周辺にいる空賊たちは、全て沈めてやる！」

ディアドリーは相手をするのが面倒になったのか、視線をそらして関わろうとしない。

過激な発言を繰り返す父に、ドロテアが真剣な眼差しで相談する。

「お父様、一つお願いがあります」

「何かな？　今回は縁がなかったと聞いているが、お前ならきっと次がある。だから、この際趣味は隠す方向で――」

やんわりと駄目な部分を指摘する父に、ドロテアは少しムッとしながらもお願いについて話す。

「話を聞いてください。実は――」

第06話「結婚」

「ローズブレイド家の本拠地って、想像していたのと違うな」

『どんな光景を想像していたのですか？』

「そりゃあお前、ならず者みたいな冒険者たちがその辺を闊歩しているような光景だよ。冒険者としての誇りが強いと聞いていたし、もっと冒険者が多い土地だと思うだろ？」

『マスターの冒険者に対するイメージがよく理解できました。マスターは、自分を含めて冒険者はならず者だと思っていたのですね』

「そんなに変わらないだろ？　この国の国王からして、ならず者みたいな奴だぞ」

格好はまともだが、中身が酷い。

俺たちが今いるのは、招待されて訪れたローズブレイド家の領地だ。

今はルクシオンと二人で都市の内部を散策していた。

ルクシオンは周囲を確認して言う。

『拡張を続けてきたのでしょうが、無駄が多いですね。効率の面から見れば、改善するべき場所がいくつもあります』

「ゲームじゃないんだぞ。何でも簡単にできると思うなよ」

前世でも道路を作るために、その周辺住民への説明会にはじまり土地の買収など色んな問題が出る。効率だけを求めて大規模な変更などすれば、きっと色々な問題が出てくるだろう。

『貴族が存在するならば、マスターが思うよりも簡単に改善できると思いますけどね。絶対的な権力者がいる利点は、トップダウンによる行動の速さですよ』

「そもそも他人様の領地だし、俺が口出しする権利もないね」

『正論ですね』

ローズブレイド家の城があるのは、壁に囲まれた城塞都市だ。

王都ほど大きくはないが、それでも実家と比べれば凄く発展している。

石造りの街並みは、風情があって散歩するだけでも楽しい。

『それより、勝手に抜け出して良かったのですか？』

「パーティーは今夜だ。それまでは自由だろ？　それに、今回の主役は親父と兄貴だ。俺は脇役だからいなくても問題ないね。何しろ、俺は船の中で拘束されていただけだからさ」

ルクシオンを恨みがましい目で見れば、本人は俺から目をそらすようにレンズをどこかへ向けてしまう。

『アンジェリカたちの判断です。本来なら、戦場にも行かせたくなかったでしょうね』

アンジェたちの頼みとなれば無下にもできない、みたいなルクシオンの反応に俺も小さく溜息を吐く。

「心配しすぎなんだって」

ズボンのポケットに手を入れて歩く。

右肩辺りに浮かんでいたルクシオンは、今日も小言が多い。

『しばらくは精神的な休養をお勧めします。何しろマスターは――緊急回避！』

ルクシオンがその場から素早く移動すると、俺の真横を石が通り過ぎた。

「危ねっ！　だ、誰だ！」

振り返れば、そこにはいかにも悪ガキという感じの男の子たちがいた。

鼻の下を指でこすり、右手には小石を持っている。

「何か変なのがいるぞ。アレに当てた奴が勝ちだからな」

いきなり出てきて、ルクシオンを的に遊び始めていた。

人に石を投げるとか、随分と過激な遊びをしているじゃないか。

俺がラフな恰好をしているために、一般人だと思ったのだろう。

『――新人類が』

不穏な言葉を呟くルクシオンを右手で抱える俺は、子供たちから走って逃げ出す。

ルクシオンは不満そうだ。

『どうして逃げるのですか？　伯爵家に伝えて、然るべき罰を与えるべきです。マスターはこの国の侯爵であり、彼らは重罪で裁かれるべき対象です』

「いいから逃げるぞ。俺は面倒なのは嫌いなの！」

子供だろうと貴族に逆らえば罪に問われる。

それがこの世界の価値観だ。

ホルファート王国は俺の価値観からすれば、民に優しい国である。

だが、貴族に理由もなく逆らえば普通に裁かれる。

ここは俺が逃げた方が面倒も少ないと、大通りを逃げる。

ここは彼らの庭みたいな場所だろうから、路地に入れば俺の方が追い詰められる。

逆に、堂々と大通りを逃げた方がいい。

「ちくしょう、あいつ速いぞ！」

追いかけてくる子供たちとの距離が開いていく。

「舐めるなよ、ガキ共！　ダンジョンで鍛えた逃げ足を見せてやる！」

ルクシオンを抱えて子供たちをふりきった俺は、適当な喫茶店に入った。

「はぁ～、疲れた」

席についてルクシオンを解放すれば、店員が注文を取りに来る。

飲み物を頼み、店員が離れていくのを見計らってルクシオンが俺に抗議するように問い詰めてきた。

『何故逃げたのですか？　彼らは私とマスターに、明確な敵意を持って攻撃してきました』

「子供だろ？　見逃せよ」

『――それは命令ですか？』

「そうだな。ついでに――そうして欲しいってお願いだな」

『お願い？』

子供をどうこうというのは、個人的に許せないラインだ。

前世を持つが故の価値観かもしれないが、個人的に嫌だからしない。

「見逃せる範囲なら見逃すさ。いや、ちょっと待て。ガキ共の親に知らせて、叱ってもらうのがいいかな？　今回は俺が引き下がったけど、これが別の貴族なら大問題になる」

何度か頷くと、ルクシオンが俺の意見をまとめる。

『それはつまり、裁きはしないが仕返しはすると？　子供に対して手は出さない方針ではないのですか？』

「腹が立つから仕返しはする」

『器が小さいですね』

「そんな自分が嫌いじゃないと前にも言っただろ？　それに、今の内に叱られた方がガキ共のためにもなる。彼らの将来を心配しているのさ。子供らの未来まで考える俺って、むしろ器が大きいと思わないか？」

自分で聞いていても白々しい台詞だが、今の内に叱られておくべきだろう。

人が多い場所で石を投げるとか、危ないから止めてもらいたい。

『器の大きな人間は、そもそも仕返しなどせずに自分で叱るのではありませんか？』

「それもそうだな。まぁいいや。よし、あの子らの素性を調べて、親に知らせてやろうぜ。夜までの暇潰しだ」

『――それで気が済むなら、どうぞご自由に』

「そうして悪は去った！」

子供らの家を調べ、大通りで石を投げていたことを親に知らせてやった。

案の定、子供たちは親から大目玉を食らっていたよ。

ローズブレイド家の城に戻ってきた俺は、家族もいる大部屋で事の顛末をアンジェたちに聞かせていた。

アンジェは俺を見て、何とも言えない顔をしている。

「抜け出して何をしているのかと思えば、子供らに仕返しをしていたと？　リオン、もう少し落ち着いたらどうだ？」

リビアは俺の行いについて、色々と悩んでいる。

「ま、まぁ、将来的に問題を起こす可能性もありますし、今の内に叱られておくのはいいと思いますよ。でも、家まで調べるのはちょっと」

車椅子に座っているノエルは、頬を引きつらせている。

「そこまでやる？　相手は子供だよ？　その場で叱って終われば良いじゃない」

三人は俺のやり方を否定もしないが、賛成もしなかった。

若干俺に対して引いている三人と話をしていると、コリンがやって来た。

「ノエル姉ちゃん、母ちゃんがあっちで呼んでいるよ」

「え、そう？　なら行かないと」

車椅子を手で動かそうとするノエルだが、そこはすかさず良い子のコリンが後ろに回って押しはじめる。

うちのコリンは、悪ガキ共とは大違いだな。

兄として嬉しい。

「僕が押すよ」

「いつもありがとね」

ノエルに褒められて嬉しそうにするコリンは、顔を赤らめてちょっと俯いていた。

二人が離れていくと、それを見ていたアンジェが額に手を当てる。

「初恋とは叶わぬものらしいが、少し不憫だな」

リビアもコリンを寂しそうに見ていた。

「コリン君、普段からノエルさんの車椅子を押しているから、顔を合わせる機会は少ないんですよね。顔を合わせても照れて逃げ出すそうです」

そのまま、アンジェとリビアは何か深刻そうに話をする。

「そのせいでノエルが気付かないのか。周りから見ていれば、一目瞭然なのだがな」

「照れて後ろに回るせいで、ノエルさんがコリン君の顔をしっかり見られないのが問題ですよね。話をしても口数が少なくなるそうですよ」

「悪循環だな。だが、周りが教えてやるべきなのか悩むな」

「う〜ん、私なら――」

――何の話だろうか？

「二人とも、何の話？」

俺が素直に尋ねると、アンジェとリビアが驚いた顔をして俺を見る。

二人は顔を見合わせるが、互いに首を横に振って俺には何も教えてくれなかった。

「え、何？　ルクシオン、お前は知っているのか？」

『――マスターは本当に鈍感ですね。ある意味で尊敬に値しますよ』

「だから何？　教えろよ」

『ご自身でお考えください』

結局、誰も答えてくれなかった。

◇

ローズブレイド家でのパーティーは、親父や兄貴の希望に添って関係者のみで行われることになった。

形式は立食パーティーで、堅苦しくなく雰囲気は穏やかだ。

俺が料理を皿に盛り付けている中、親父と兄貴はローズブレイド家の関係者に囲まれて空賊退治のお礼を言われている。

二人とも居心地が悪そうにしており、俺はその様子を離れた場所で見ていた。

ローズブレイド伯爵の近くには、ディアドリー先輩とドロテアさんの姿もあった。

「パーティーの主役は大変そうだな」

他人事のように呟けば、側にいたルクシオンがそれを拾って会話をする。

『パーティーになれておられないのでしょうね。マスター、先程から肉料理ばかりに手を付けています。野菜の摂取を強く推奨します』

「気が向いたら善処するわ」

『――そうですか』

少し前のルクシオンの返事を真似てやれば、本人がそれを理解して面白くなさそうにしていた。

人工知能なのに感情が豊かな奴である。

周囲を見れば、車椅子に乗ったノエルにも人だかりが出来ていた。

どうやら、アルゼル共和国の事情などを聞かれているらしい。

苗木ちゃんの巫女という立場もあって、周囲は興味津々のようだ。

側にはお袋とコリンもいる。

何かあれば俺が助けに行くつもりで気にかけていると、リビアが近づいてきて俺の腕を掴んだ。

「リオンさん、私のドレスはおかしくありませんか？」

「似合っているよ」

不慣れなドレス姿のリビアは、自分の格好が気になっているようだ。

「アンジェと一緒に用意してもらったんですけど、こんな高いドレスを着る機会ってそんなになくて。変じゃないですか？」

白と青でまとめたドレスは、リビアのイメージにピッタリだった。

不安そうなリビアに近付いて腕を絡めるのは、赤いドレス姿のアンジェだ。

こちらは堂々としているし、ドレスを着慣れている。

「似合っているから心配するな。それよりも、ローズブレイド伯爵がリオンと話がしたいそうだ」

「え？　俺は別に」

拒否しようとしたが、アンジェは許してくれなかった。

まるで優しく子供を叱るように、俺を説得してくる。

「向こうも招待した侯爵を無視はできない。世間話をすればいいだけだ。今の内に慣れておけ」

招待してくれたローズブレイド伯爵に挨拶するだけと聞き、渋々と納得する。

アンジェはリビアに一つ頼む。

「ノエルも連れてきてくれ」

「はい」

リビアがノエルを呼びに向かうと、アンジェが腕を絡めてくる。

腕を組んだ形になると、顔を近付けて耳元で囁いてきた。吐息が耳にかかってくすぐったいが、それ以上にアンジェの声が色っぽく聞こえてくる。

「パーティーの雰囲気が少しおかしい」

「——仕返しをするつもりかな？」

普段と違うドレス姿に俺は興奮していたようだ。

ただ、アンジェの方はパーティーの様子を気にかけていた。

無礼な振る舞いへの仕返しをこの場でされるのかと警戒するが、ルクシオンが否定する。

『それはありません。周囲に危険はありませんし、料理にも毒は仕込まれていませんでした。アンジェリカの間違いではありませんか？』

それを聞いて一安心するが、アンジェは意見を変えない。

「いや、何か変だ。敵意ではないんだが、どうにも気になっている」

アンジェの勘——いや、感覚だろうか？

とにかく、この場の雰囲気に違和感を覚えたようだ。

俺も気になって周囲を警戒するが、別におかしなところはない。

パーティーにはクラリス先輩も参加しているのだが、人に囲まれて賑わいの中にいた。

パーティーがはじまってからずっと同じ状況だ。

話しかけようとしても、近付けそうにないのでクラリス先輩とは話も出来ていない。

「う〜ん、特におかしい様子もないけどな」

そうしてリビアがノエルを連れてくると、タイミングを見計らったかのようにローズブレイド伯爵がディアドリー先輩とやってくる。

ただ、ドロテアさんの姿はなかった。

視線だけで探すと、解放されて壁際に逃げたニックスと一緒にいた。

アンジェもそれに気付いたのだろう。

「こういうところまで兄弟とは似るのだな」

「何が？」

「何でもないよ」

クスリと笑ったアンジェだが、ローズブレイド伯爵が来るとカーテシーという片足を引いて屈む挨拶をする。

リビアも少し遅れて真似るが、やはり所作はアンジェの方が慣れていて綺麗に見えた。

ローズブレイド伯爵は、俺の前に来ると陽気に話しかけてきた。

「こうして顔を合わせるのは初めてになりますね。噂は色々と聞いていますよ、バルトファルト侯爵。まずは、娘たちを助けていただき感謝致します」

年下でも俺が侯爵なので、ローズブレイド伯爵の言葉遣いは丁寧だ。

——大人に敬語を使われるって困る。

「こ、こちらこそ、お招きいただき感謝しています」

ぎこちない挨拶からはじまると、ディアドリー先輩が助け船を出してくれた。

「それにしても、英雄殿の周りは随分と華やかですわね」

「自分にはもったいないくらいです」

何とか笑みを作って返事をする。

偉い大人たちに囲まれて会話をするよりも、知り合いにちょっと嫌みを言われる方がまだマシだった。

だが、ローズブレイド伯爵が冗談を言い始める。

「英雄色を好むと言いますからな。侯爵にはまだ足りないくらいではありませんか？」

「いえ、多いくらいでは？」

「そんなことはありません。新しい英雄の血は残さねばなりませんよ。男爵家の三男が、大冒険の末に今や侯爵ですからね。一代でここまで上り詰めた英雄は、ホルファート王国でもただ一人です。そのような英雄殿ならば、もっと大勢を囲っても許されますよ」

ローズブレイド家も冒険者がはじまりだ。

俺を評価してくれているのも、きっと冒険者として成功したからだろう。

何だか、親戚に恋愛事情をからかわれているような気がしてムズムズする。

チラリと三人を見れば、笑顔で話を聞いている。

この程度の会話で怒りはしないのだろう。

「ところで、うちのディアドリーはどうですかな？」

「え？　綺麗だと思いますよ」

ディアドリー先輩について尋ねられても、相変わらず綺麗だとしか答えられない。

ゴージャスな金髪縦ロールに、アンジェとは違って青いドレスがよく似合っている。

ディアドリー先輩が扇子を開いて口元を隠した。

「当然の反応ですわね」

俺の答えを聞いて、ローズブレイド伯爵は豪快に笑った。

「英雄殿にそう言われて、娘も喜んでおります。それでは、今日は楽しんでください」

去って行くローズブレイド伯爵たち。

俺は安堵して、小さく溜息を吐いた。

「あ～、緊張した」

『随分とぎこちない挨拶でしたね。権力を前に萎縮しましたか？』

「否定はしないよ。何しろ俺は小心者だからな」

おどけてみせれば、ルクシオンは『小心者はもっと謙虚です』と言ってくる。

ただ、アンジェの表情は少し険しかった。

口元は笑みを浮かべているが、目が笑っていない。

その視線が向けられている先には、ローズブレイド伯爵とディアドリー先輩がいる。

「ローズブレイド家は欲をかきすぎる」

「何が？」

ご機嫌斜めのアンジェに俺が首をかしげると、緊張から解放されたノエルが確かめてくる。それは、先程の質問についてだった。

「あの質問、リオンは勘違いしたけどさ。四人目にどう？　って意味だよね？」

「――それはないでしょ」

いくらなんでも、娘を四人目にどう？　と言うものだろうか？

俺なら絶対にない。

性格の良い美人を三人も連れた野郎がいたら、男ならば嫉妬から殴りたくて仕方がないはずだ。

そこにもう一人、なんて絶対に許さない。

ただ、リビアも二人と同じ考えだったらしい。

「伯爵様の目つきですけど、一瞬だけとても鋭かったですよね。あれ、絶対に冗談じゃありませんよ」

ローズブレイド伯爵も、きっと俺を見て「美人を三人も連れやがって」と腹立たしかったのだろう。

同じ男としてその気持ちは理解できる。

「嫉妬じゃない？　俺は美人を三人も連れている男がいたら、心の中でそいつが不幸になればいいのに、って願い続けるよ」

相手の不幸を願ったところで、自分は幸せにならない。

それは理解しているが、嫉妬せずにはいられないだろう。

――自分が嫉妬される側に回るとは思ってもいなかったけどね。

すると、いつものようにルクシオンが嫌みを言う。

『出会った時から成長をまったく感じませんね。少しは私の期待を良い意味で裏切っていただけないでしょうか？』

もはや俺たちの間では嫌みや皮肉が日常会話だな。

「気が向いたら検討するよ。それより、ニックスはどこだ？」

会話をしながら家族がいる場所を探したが、ニックスだけは見当たらなかった。

アンジェが先程と違って楽しそうに教えてくれる。

「今頃は追い詰められているんじゃないか？」

「ニックスが追い詰められる？　え、ちょっと待って！」

パーティー会場からバルコニーに移動したニックスは、緊張から解放されて一度深呼吸をしてから手すりに体を預けた。

「緊張したぁ～」

何を飲み食いしても味など分からず、ただ居心地が悪かった。

普段関わるはずのない貴族たちとの会話に疲れ、もう二度と参加したくないと思っていると一緒に会場を抜け出したドロテアにクスクスと笑われる。

「戦場では大活躍だったのに、パーティーは苦手なのですね」

ニックスは頬を指でかく。

「こういう場所には慣れていないんです。うちでパーティーと言えば、もっと賑やかな感じですからね」

賑やかと称したが、実際は騒がしいものだ。

マナーなどに五月蠅くもなく、笑い声や喧嘩が絶えないそんなパーティーだ。

ニックスは、それが少しだけ嫌いだった。

わざわざ騒がずとも、普段通りでいいとすら思っていた。

だが、本物のパーティーに参加したら、気楽なパーティーが恋しくなる。

「学園で参加したのではなくて？」

「その時は友人もいましたし、学生だから羽目を外す馬鹿もいたので。まぁ、俺たち普通クラスには関係ない世界だと思っていましたよ」

学園時代の話をすると、ドロテアが寂しい表情を見せた。

「私は一人でいることが好きで、そうした思い出は少ないの。今にして思えば、もっと色んな子たちと話をしておくべきだったわ。そうすれば、こういう時に困らなかったもの」

「こういう時？」

(何が言いたいのかな？　もしかして、俺と友達になりたいとか？　まさかな)

最悪の顔合わせをした自分に、友達になりたいなどと言うはずがない。

そう思って、ニックスはドロテアの言葉を待つ。

ドロテアは緊張しているのか呼吸が乱れていた。

意を決したのか、ニックスに真剣な表情を向けると胸に手を当てる。

「ニックス様、もう一度だけ私にチャンスをいただけませんか？」

「チャンス？　――え、チャンスって!?」

ドロテアが何を言いたいのか、数秒遅れで気付いたニックスは驚いてしまう。

「私は本気です。本気で貴方を好きになりました。どうか、もう一度だけチャンスをください」

「いや、あの!?　でも、俺はほら！　前にも言いましたけど、ノンビリした夫婦がいいから、お互いの趣味が合わないと思うんです」

いくら美女だろうと、人をペットにしたいと言うドロテアはニックスの趣味じゃない。

だが、ドロテアは本気だった。

「愛した方が負けなのです。ペットになるのは私で構いません。いえ、ニックス様の望む妻になります」

「そ、そういう無理は良くないと思うよ。我慢は体に毒だし」

(そもそも結婚相手をペット扱いとか無理！　俺の精神が持たないって！)

何とかこの場を逃げようとするニックスだが、残念ながらここはローズブレイド家の本拠地――城の中。

バルコニーの出入り口に視線を向ければ、カーテンが閉じた大きなガラス窓の向こうに人影が見える。

ドロテアが両手を握り、俯いて涙する。

「なら、どうすればいいのですか？　どうすれば、私は受け入れてもらえるのですか？」

「と、とりあえず、涙を拭いた方がいいと思います！　それにほら、こういうのは家族も許さないんじゃないですか？　俺は貴女に失礼な態度を取ったし」

「お互い様じゃないですか。私も首輪を用意しました」

心の片隅で「何て酷い会話だろう」などと思いながら、ニックスはよく考えてみる。

目の前の女性はどうして自分にこだわるのだろうか、と？

「初めてなんです」

「な、何がですか？」

「こんなにも胸が高鳴ったのは、生まれて初めてでどうしたらいいのか分からないんです」

冷たい印象を与える大人の女性が、まるで子供のように泣いている姿にニックスは胸が痛くなる。

その姿を見ていられずに、抱きしめて慰めてしまった。

月の光に照らされたドロテアが美しく見えたとか、泣いている姿に自分がどうにかしてやらなければという気持ちになったとか――普段兄として頑張っているニックスには、とにかく放っておけなかった。

抱きつかれたドロテアが、驚いて固まってしまった。

互いの鼓動が高まる。

「え、えっと」

この後を考えていなかったニックスも戸惑うが、ドロテアからも抱きついて二人はしばらくバルコニーで過ごした。

「何をしているんだよ、兄貴！」

バルコニーを覗く俺は、ドロテアさんに抱きつくニックスに目を丸くした。

どう見てもニックスの趣味じゃない女性なのに、自ら抱きつくとか何を考えているのか？

バルコニーを見ていたリビアが、顔を赤くしてモジモジしている。

「い、いきなり抱きつくのは予想外でしたね」

意見を求められたノエルは、瞳を輝かせてニックスとドロテアさんを見ている。

「でも理想だよね。好きな人に告白するのって、勇気がいるからね」

自分の時を思い出しているのか、ノエルも頬を赤く染めていた。

アンジェの方は、俺の隣に立って横目で見てくる。

「兄弟で似ていると思ったが、ニックス殿は自ら手を出したな。リオンも少しは見習った方がいいぞ」

「一時の気の迷いに流されたようにしか見えないけど？」

ニックスが女性に対して、あんなに大胆に動くなんてあり得ない。

俺は何か魔法にでもかけられて、正常な判断ではなかったという予想を立てる。

アンジェは小さく溜息を吐いて俺に呆れると、視線を俺たちの後ろに向けた。

そこにはわざとらしい態度のローズブレイド伯爵がいた。

「おやおや、ドロテアも隅に置けないな。まさか、好きな男性がいるとは思わなかった」

会場に聞こえるような声量だったために、俺の両親もやってくる。

「リオンじゃなく、ニックスがまさか!?」

真面目なニックスが女性に抱きついているのに驚くのは理解できるが、そこでどうして俺の名前が出てくるのだろうか？

お袋の方は、ぽかんと開いた口に手を触れていた。

驚きすぎて反応できないらしい。

親父がローズブレイド伯爵に謝罪する。

「ほ、本当に申し訳ありません」

大事なお嬢さんに抱きついて申し訳ない、という気持ちなのだろう。

だが、ローズブレイド伯爵は落ち着いていた。

「自分を助けてくれた騎士に恋心を抱いても仕方ないでしょう。今は二人だけにしてあげましょう」

ローズブレイド伯爵が親父たちを連れてパーティーに戻ると、アンジェが腕を組む。

「白々しいな。最初から二人だけにする予定だったろうに」

「え？　何でそんなことを？」

「ドロテアがニックス殿に惚れたからだ」

「ニックスに？　だって、首輪云々は嘘だって教えたよね？　好きになる理由とかある？」

ドロテアさんの趣味とは違うはずだと言えば、女性陣が「本当に分かってないな」という呆れた顔を見せてくる。

リビアが俺に教えてくれるのは、ドロテアさんの気持ちだった。

「リオンさん、自分を助けてくれる騎士様に憧れる女の子は多いですよ」

「それは聞いたことがあるけどさ」

ノエルは猫背になり、両手の指先を合わせて照れていた。

「分かるな〜。命懸けで助けに来てくれたら、それだけで意識しちゃうよね」

チラチラと俺を見てくるノエルは、共和国でのことを思い出しているようだ。

あの時の俺は頑張ったと思うよ。

すると、ディアドリー先輩がやって来て会話に加わる。

「私にも経験がありますわね。公国の軍隊に襲撃された時だったわね。あの時のリオン君は、本当に頼もしかったわ」

やって来たディアドリー先輩の前に立つのは、腰に手を当てたアンジェだ。

「奇遇だな。私も覚えているよ。あの時もリオンは、私を助けに来てくれたからな。それにしても、手の込んだ真似をする」

「何の事でしょうね?」

アンジェにしらを切るディアドリー先輩は、ニマニマと笑っている顔を開いた扇子で隠していた。

「クラリスは念のために釘付けにしていたな。わざとニックス殿とドロテアが一緒になるように動いて、バルコニーに誘導しただろう？　今日は月も綺麗で雰囲気もいい。少し弱いところを見せれば、大抵の男は我慢できずに抱きつくさ」

「――嘘だろ。全部演技だったのか？」

バルコニーにいる二人を見て俺は、ニックスが騙されてしまったと思った。

ただ、ディアドリー先輩がドロテアさんの名誉を守るために反論する。

「二人になる機会を用意しただけでしてよ。それ以上のことは、本人に任せています。演技などとは心外ですわね」

「演技じゃない？　な、なら、大丈夫なのか？」

悩む俺の隣にいたルクシオンは、この話題にあまり興味がないらしい。

『人の意見に左右されすぎではありませんか？』

「う、五月蠅いな。こういうのは苦手なんだよ」

『恋愛に限らず、マスターには苦手分野が多いですね』

毎回一言多い奴である。

第07話「ローズブレイド伯爵」

翌日。

城にある歓談室に集まった俺たち家族は、頭を抱えてソファーに座っているニックスを囲んでいた。

「ニックス、嫁入り前のお嬢さんに抱きつくとか何を考えているんだ！」

慌てふためく親父の言葉だが、これが普通の女性なら問題にならなかった。

相手が未婚の伯爵令嬢だから問題なのだ。

ニックスが昨晩の言い訳をする。

「違うんだ。放っておけなくて。それに、昨日は凄く綺麗に見えて」

弱々しい姿を見せられて、放っておけなかったと言うニックスを見る家族の視線は冷たかった。

酷いのはジェナとフィンリーの二人だ。

「きっと計算尽くだったんじゃない？」

「あ〜、分かる。雰囲気作れば勝ちみたいなところがあるよね」

二人はドロテアさんの罠にニックスが引っかかった、という考えらしい。

そもそも、伯爵令嬢にニックスが簡単に近付けるわけがない、と。

ジェナは昨晩のパーティーを思い出す。

「何か不自然なことが多かったわよね」

不審に思っていたという発言に、ニックスは顔を上げた。

「知っていたなら教えてくれよ！」

「あんたの恋愛に興味ないわよ。それにしても、うちの男共はどうして人気なのかしらね？　リオンもそうだけど、まさかニックスまで同じだとは思わなかったわ。兄弟揃って、雲の上のお嬢様たちに好かれる体質なのかしら？」

フィンリーは、ソファーに座って首をかしげているコリンを見る。

「このままコリンもどこかのお嬢様と結婚するのかな？」

「け、結婚!?　ぼ、僕は別に」

アタフタするコリンを見て、フィンリーはからかいたくなったのだろう。

距離を詰めてコリンの鼻先に指をさす。

「お子ちゃまのコリンには無理な話よね。いっつも、ノエルの後ろに隠れている弱虫コリン」

「弱虫じゃないやい！」

姉弟喧嘩を始めそうになると、お袋が二人を引き離した。

「人様の家まで来て喧嘩は止めなさい。まったく、どうしてうちの子たちは落ち着きがないのか」

ジェナはふて腐れたフィンリーを笑う。

「コリンと喧嘩なんて、あんたもお子様よね」

「若い証拠です〜。お姉ちゃんとは違うのよ」

「何ですって！」

「本当のことでしょう？　昨日だって、学園を卒業したばかりだって言ったら、男の人たちが去って行ったじゃない。私の方は、入学前って知った格好いい男の人たちが何人も来たわよ」

「わ、私よりお子ちゃまのフィンリーを選ぶなんて、見る目のない男ばかりよね」

「逆じゃない？　将来性のないお姉ちゃんより、未来のある私を選んだ見る目のある男の人たちよね」

——男爵家の娘で学園を卒業したばかりとなれば、酷い世代と思われて敬遠されたのだろう。

少し前まで、男爵家や子爵家の娘たちは、亜人の奴隷を専属使用人と称して連れ歩いていた。

それが普通だったが、今や価値観が変わりつつある。

いや、矯正しているに近いか？　とにかく、状況が変化している。

そんな中でフィンリーも入学を控えており、春休みが終われば一年生だ。

ジェナと睨み合っているフィンリーを見る俺は、小さく溜息を吐くように呟いた。

「妹って酷いな」

フィンリーも酷いが、前世の妹であるマリエを思い出してしまう。

アルゼル共和国で姉に対する俺の中の評価は、ルイーゼさんのおかげで「血の繋がっていないお姉ちゃんは良い人」になっている。

ジェナに視線を移せば、フィンリーと凄い形相で睨み合っていた。

それを見たお袋が、頭が痛そうに額を手で押さえている。

俺は思ったことが口に出てしまう。

「ルイーゼさんとジェナをトレードできないかな？」

そんな俺の本音を聞いて、ルクシオンがいつも通り馬鹿にしてくる。

『姉という存在は害悪と言っていませんでしたか？　ルイーゼの方が害は少ないという判断でしょうか？』

「ルイーゼさんを見ていると、お姉ちゃんも悪くないって思うだろ？　俺を甘やかしてくれる優しい巨乳のお姉ちゃんなら大歓迎だ」

ルイーゼさんを思い出しながらそう言うと、姉妹で睨み合っていたジェナがこちらに嫌悪感丸出しの顔を向けてくる。

「あんた本当に気持ち悪いわね。姉に何を求めているのよ？」

姉を性的に求めているのか？　そんな風に勘違いしたジェナが、自分自身を抱きしめるようにして俺から距離を取った。

そんなに嫌がる必要はないだろうに。

「誰もお前を性的な目で見てねーよ。お前の裸を見たって少しも興奮しないし」

『それでは、対象がルイーゼだったら？』

「性的な目で見る対象じゃない。ルイーゼさんの裸を見たらとか、お前は失礼すぎるぞ」

『その失礼な事を姉君に言ったのはマスターですよ』

「実姉の扱いなんてこんなものだろ？」

ケラケラと笑えば、家族が「またこいつは」と呆れた顔をしている。だが、ルイーゼさんの話題が出ると、お袋の視線が険しくなる。

親父は無理矢理ニックスの話題に戻すと、今後のことを考え始める。

「とにかく、伯爵は目をつぶってくれた。ニックスと俺の方で謝罪に行くが、お前たちは大人しくしていろよ。特にリオン！」

「え？」

「お前はこれ以上騒ぎを大きくするな。いいか、絶対だぞ！」

「俺は基本的に大人しいよ。注意するなら、ジェナやフィンリーだろ？」

問題児の姉妹に目を向けると、俺を見て「こいつは何を言っているんだ？」という不思議そうな顔をしていた。

「この愚弟は本当に理解できていないわね」

「私たち、兄貴みたいに常識外れな行動とかしないし。少しは自分を省みたら？」

本当に腹の立つ姉妹だ。

姉の評価は少し変わったが、やはり妹は駄目だな。

ルイーゼさんのおかげで、お姉ちゃんという存在は認められるようになったが——フィンリーやマリエがいる俺には、妹というのはやはり害悪だ。

親父とニックスが謝罪に向かおうとするので、俺もソファーから立ち上がる。

二人が俺に怪訝な表情を見せるので、一緒について行くことを提案する。

「俺も行くよ。これでも侯爵様だからな。少しはこの肩書きが役に立つかもよ？」

名ばかりの侯爵だが、謝罪の場にいないよりマシだろう。

二人は悩んだ末に、俺の同行を許可してくれた。

「君のような義理の息子を持てて私は幸せだ！」

ローズブレイド伯爵と面会したのは、城の中にある応接室だった。

高級な家具が設置されたこの場所は、ローズブレイド家の財力を見せつける意味合いもあってか随分と煌びやかだ。

貧乏男爵家の俺たちでは、萎縮してしまいそうになる豪華な部屋で――ローズブレイド伯爵は満面の笑みで出迎えてくれた。

ニックスに向かって両手を広げているが、本人は困惑したのか一瞬唖然とした後にようやく聞き返す。

「ぎ、義理の息子!?」

「ドロテアを受け入れてくれるから、バルコニーで抱きしめたのではないのかな？」

ローズブレイド伯爵は終始笑みを絶やさないが、口調は「娘に手を出しておいて責任を取らないつもりか？」のように聞こえる。

親父を見れば、アタフタとしていて役に立ちそうもない。

「い、いや、伯爵。ほ、本当に結婚させるつもりですか？　うちは田舎貴族ですし、そもそも格が違いますが？」

身分制度の残る世界では、結婚するにも色々と面倒な決まりがある。

時に身分違いの結婚を叶えるために、地位や名誉を捨てて駆け落ちして全てを失う人たちもいる。

――ちなみに、マリエのためにそれをやったのが五馬鹿だ。

聞きようによっては美談にもなるだろうか？

あいつらの場合、実際はマリエに騙されて酷い話になっている。

騙したマリエも、ろくに稼げない無職五人を抱える羽目になったから笑えるけどな。

ただし、何事にも例外は存在する。

ローズブレイド伯爵の視線が、一瞬だけ俺に向けられた。

「心配する必要はない。ニックス君の実弟であるリオン殿は侯爵だ。一代で侯爵に上り詰めた英雄の家族に表立って文句を言う奴はいないさ」

俺が侯爵にまで陞爵してしまったために、爵位関係が曖昧になっている。

ニックスに申し訳ない俺は、ローズブレイド伯爵と話をする。

「ドロテアさんは田舎で暮らしていけるんですか？　都会と違って、うちは本当に田舎ですよ」

親父もニックスも、何度も頷いていた。

都会育ちの娘が、田舎で暮らしていけるのか？

この世界の生活レベルは、同じ国でも大きく違うことが多い。

前世の世界のように、どこに住んでいても電気ガス水道が使えます！　みたいな恵まれた環境ではない。

そのため、学園女子たちに田舎貴族は嫌われていた。

だが、ローズブレイド伯爵は心配ないと言う。

「ドロテアも覚悟している。ニックス君の妻になれるなら、どんな土地でも生きていくそうだ。いざとなれば、ローズブレイド家が支援をするさ」

娘のためにバルトファルト家を支援してくれるらしい。

ありがたい話だが、俺たちにとって都合がよすぎる。

俺は失礼だと思いつつも、ローズブレイド伯爵に聞かずにはいられない。

「至れり尽くせりですね。何か裏があるのかと勘ぐってしまいますよ」

緊張しながら尋ねると、俺の聞き方を無礼だと感じたローズブレイド伯爵の護衛たちが身構えようとする。

だが、それをローズブレイド伯爵が制した。

「甘い話に飛び付かないのは大事だ。目の前のお宝に無警戒で飛び付く者は、長生きできないからね。その用心深さを評価しよう」

どうやら気に入られたようだ。

ローズブレイド伯爵は、俺たちに背中を向けて――少し悩んでいるようにも見えた。

そして、小さく溜息を吐いてからこちらを向いた。

その表情は何というか、困っている顔だった。

「これから縁を持つのだから、隠し立てをしてもはじまらない。そもそも、ニックス君たちはドロテアの趣味を知っているね？」

ニックスが首輪の件を思い出し、困りながらも肯定する。

「は、はい。もちろん、絶対に言いふらしたりしませんよ」

「当然じゃないか。家族の恥は隠さないとね」

家族、という部分が妙に強調されていた。

まるで「もうお前も家族であり、その秘密を共有する人間だ」と言っているようだ。

ニックスは自分を否定することばかりを言う。

「お、俺では釣り合いが取れませんし、ドロテアさんには相応しくないですよ。それに、凄いのはリオンで俺じゃないですから」

「自分の非力を認めるのも大事なことだ。君は誠実でいい男だな！」

「実績とか何もないんですが？」

「私は君の将来性を買っているよ。それに、ニックス君は空賊退治で活躍したじゃないか。私の娘たちも救ってくれたからね。実績なら十分さ！」

「うちは貧乏ですから、お嬢さんに苦しい思いをさせてしまいます！」

「ローズブレイド家が全力で支援するから大丈夫だ！　人、金、物、足りない物があれば何でも言いなさい！」

「俺は冒険者としても平凡で、何一つ成し遂げたことがありません！」

ニックスは学園で冒険者になっているが、俺のようにダンジョンを攻略したとか、お宝を発見したとかの明確な実績がない。

冒険者という部分を重要視するローズブレイド家にとっては、ニックスというのは評価以前の問題だろう。

だが、それでもローズブレイド伯爵は態度を変えない。

「冒険がしたいのかな？　ならば、うちが企画している冒険に参加しなさい。新しい浮島の発見を目指すチームを募っていてね。成功すれば、ニックス君の手柄にしていい」

「い、いや、それは悪いですよ。そういうのは、自分で成し遂げないと意味がないと思いますし」

「何だって！　自分でやり遂げたい？　ニックス君も立派な冒険者だね！」

何を言ってもローズブレイド伯爵は好意的にとらえる。

互いに勘違いをしている？　いや、これは違う。

俺の側で浮かんでいたルクシオンが、ローズブレイド伯爵の気持ちに気付いたようだ。

『今の会話の流れから察するに、ローズブレイド伯爵はマスターの兄君をどうしても手に入れたいのでしょうね』

「そうだな。ニックスは逃げられないかもな」

ローズブレイド伯爵の言葉を意訳すれば「お前だけは絶対に逃がさない！」だろうか？

何を言っても良いように解釈されるニックスは、混乱しているのか随分と焦っていた。

そんなニックスに、ローズブレイド伯爵は言う。

「まだしばらくうちに滞在するのだろう？　その間に、お互いのことをもっと知ればいい。誰か、ドロテアを呼んで案内させなさい」

「はっ」

騎士がドロテアさんを呼びに向かうと、話についてこられなかった親父がようやく口を開く。

「俺はどうしたら良いんだ？」

それは俺も同じ気持ちだよ。

◇

ローズブレイド家の城の中庭。

ニックスがドロテアさんに城の中を案内されている間、俺たちはディアドリー先輩にお茶に誘われた。

中庭には椅子やテーブルが用意され、ローズブレイド家が用意した紅茶を楽しむ。

お茶やお菓子はおいしいのだが、話題はやはりニックスのことについてだ。

暗い話ではないが、明るいとも言えなかった。

「ニックスはもう詰んでいるんじゃないかな？」

パーティーに参加した大勢が、ニックスとドロテアさんが抱き合っている姿を見た。

話に聞いた人も多いだろう。

周囲は結婚秒読みか？　などと噂している。

そもそも、ローズブレイド家がバルトファルト家にやって来た時点で耳の早い人たちには知れ渡っていたそうだ。

パーティーで足止めをされていたクラリス先輩が、少しだけ不満そうにしていた。

「ローズブレイド家は恩人に対して失礼な家よね。ディアドリー先輩を助けるために、アトリー家からも飛行船や戦力を出したのにこの仕打ちは酷いわ」

足止めされたことを根に持っているようだが、怒っているわけでもない。

ディアドリー先輩は笑って嫌みを受け止めている。

「うちとバルトファルト家の話に首を突っ込んだのは、そちらではなくて？　実家に探りを入れるように言われているのでしょう？」

カップを手に取るクラリス先輩は、答えずに紅茶を一口飲んだ。

ギスギスはしていないが、腹の探り合いは疲れるので話を戻す。

「ディアドリー先輩の前で申し訳ないですけど、兄貴が結婚を拒否すれば俺も賛成しますからね」

本当にニックスが嫌がるならば、俺は縁談を断る手助けをするつもりだった。

そんな俺の決意を聞いても、ディアドリー先輩は少しも責めてこない。

「言い換えれば、彼が受け入れれば反対もしないのよね？　アンジェリカはどうなのかしら？　邪魔するつもり？」

皆の視線がアンジェに集まると、本人はカップを静かに置いた。

「私はリオンの意見に従う。ただし、リオンに手を出せば――お前たちでも容赦しない。ディアドリー、バルトファルト家を取り込んだだけで我慢しろ。クラリスも変な期待をするなよ。――私は本気で言っている」

アンジェの赤い瞳は紅玉のような光を放ちつつ、二人を威圧していた。

だが、ディアドリー先輩もクラリス先輩も、まったく動じた様子がない。

二人とも微笑んで何も答えなかった。

ただ、気になるのは俺の名前が出たことだ。

「ルクシオン、どうして俺の名前が出たんだ？」

『察しの悪いマスターは、ある種この場の癒しですね。マスターみたいな存在が癒しになるくらいには、この場の空気が悪いということですが』

状況を飲み込めない俺に対して、ルクシオンは嫌みを言ってくる。

毎度のことなのでやり返すことに。

「俺は純朴な青年だから、腹の探り合いは苦手なんだよ。でも、お前は得意だろ？」

『どういう意味ですか？』

「人工知能なのに腹黒だからさ」

『マスターには負けますよ。それに、自分で純朴とはどの口で言うのですか？』

俺とルクシオンが話し始めると、アンジェが小さく溜息を吐いた。

「リオンが飽きたようだから、この話はこれで終わりだ。二人のことは、本人たちに任せて外野は見守ればいい」

ニックスたちの判断に任せていいそうだが、貴族としてそれでいいのだろうか？

俺としてはアンジェの意見はありがたい。

しかし、俺の想像する貴族社会って結婚とかに五月蠅そうなんだけど？

実際に色々と面倒なことが多いからな。

俺はルクシオンを得て、暴れ回っていたらいつの間にか大出世を果たしてしまったから、そうした面倒なしがらみを無視して来られた。

だから、普通はもっと大変だと思い込んでいた。

まぁ、結婚以外のしがらみもあるし、実際に面倒くさいことになっているけど。

「どっちでもいいの？　貴族の結婚って結構緩いね」

アンジェが目を細める。

「お前関係は特別にもなるさ。それよりも、何か楽しい話題はないか？　リオンが腹黒いやり取りを嫌うから、他の話題で楽しみたいな」

俺のために話題を変えたいというアンジェだが、何気にディアドリー先輩やクラリス先輩に対して嫌みになっていないか？

あと、腹の探り合い云々と言っていた俺に対する当てつけかな？

すると、リビアが手を叩く。

「それなら、浮島のお話が聞きたいです！」

リビアが話題にしたのは、新しい浮島を探す話だ。

「リオンさんに聞いたんですけど、ローズブレイド家では新しい浮島を探しているんですよね？　そんなに浮島は簡単に見つかるんですか？」

リビアに質問されたディアドリー先輩は、「簡単ではありませんわ」と言ってから詳しく説明してくれる。

「今は大陸の発見は難しいですからね。適度に大きな浮島を見つけたら、それを運んで繋げて土地を広げるのです」

「小さな浮島でもとても大きいですよね？　本当に運べるんですか？　私は実際に見たことがなくて、まだ信じられないんですけど」

「大地を浮かせる浮遊石を魔法で操作して運びますからね。ただし、運ぶのも大変ですわよ。失敗すれば大事故になってもおかしくありませんわ」

この世界の大地が浮かんでいるのは、浮遊石と呼ばれる重力を無視する鉱石が存在するからだ。

それを使えば、簡単に飛行船だって作れるわけだ。

何しろ、浮遊する力は常に得られるからな。

後は推進力さえ手に入れれば、飛行船は動かせる。

ディアドリー先輩は、浮島を見つける大変さを話す。

「どんな浮島でも良いとはなりません。何もない荒れ地のような浮島を運んできて繋げても、何の意味もありませんからね。岩だらけの荒れた浮島なら、割と簡単に見つかりますけどね。欲しいのは、土壌が豊かな浮島ですわ」

その話を聞いていたクラリス先輩が、岩だらけの荒れた浮島の利用方法を話す。

「荒れた浮島なら、浮遊石を掘り出して売ればいい儲けになるわよ。それに、そうした浮島では他の鉱石が発見される場合もあるわ。要は利用法次第じゃないかしら？」

「簡単にできるなら苦労はしませんよ。岩だらけの浮島を掘り返して調べて、何も発見できなければ大損ですわよ」

二人の会話に興味を持ったのか、アンジェも加わる。

「運ぶだけでも金がかかるなら、調査団でも作って送り込めばどうだ？」

調査団を送り込んで、資源が発見されたら運べばいいというアンジェの意見をディアドリー先輩は否定する。

「それなりの規模の集団を、何もない荒れ地で活動させるためにどれだけの物資が必要になると思いますの？　何もなければ、浮遊石を回収しても赤字になってしまいますわ」

「やってみる価値はある。何度か失敗しても、一度成功すれば黒字になる可能性はあるだろう？　最終的に黒字であれば問題ない」

三人はそのまま盛り上がるが、質問したリビアは口を出せずに困っていた。

代わりに俺が話し相手になろう。

「何で浮島に興味を持ったの？」

「ノエルさんが色々と気にされていたんです。ほら、苗木ちゃんをいつまでも鉢に植えているままだと可哀想って」

車椅子に座っているノエルを見ると、紅茶を飲み終えてカップを置いているところだった。

俺とリビアの話を聞いていたのか、浮島に興味を持った理由を話す。

「そうなんだよね。でも、植える場所って重要になるから、条件が良い浮島があったらそこがいいのかな、って思ったんだ」

苗木ちゃんは将来的に絶対利権問題を発生させるから、植える場所が重要になってくる。

俺の実家も問題だ。

将来俺やニックス――家族の子供や孫たちが、苗木ちゃんの利権を求めて骨肉の争いをしたら笑えない。

『既にいくつかの浮島を調査し、ピックアップしていますよ』

「え、そうなの？」

『はい。マスターの新しい領地も用意しなければなりませんからね』

「そうなんだよ。俺の理想郷は、王国に献上したからな」

本来なら俺の領地になるはずだった温泉のある浮島は、マリエたちを軟禁するために王国に献上してしまった。

あいつらのために、俺がルクシオンに用意させた理想のスローライフが送れる場所を失ってしまった。

リビアやノエルと会話をしているとき、ディアドリー先輩とクラリス先輩がチラチラと俺たちの方を見ていた気がする。

ルクシオンが二人に一つ目を向けた。

無言で二人を見るルクシオンの行動が気になり、俺は理由を尋ねる。

「何で二人を見ているんだ？」

『――何でもありません』

◇

一方。

その頃ニックスは、リオンたちとは別の中庭でドロテアとベンチに座っていた。

二人は拳三つ分くらいの隙間を作り、並んで座っていた。

「あいつには本当に苦労させられているんだよ！」

「まぁ」

ニックスだが、いつの間にかドロテアに愚痴をこぼしていた。

いつの間にか普段の姿をさらけ出し、砕けた口調で話している。

「学園では好き勝手に暴れるから、兄貴の俺まで白い目で見られるしさ！　外道の兄貴、みたいな扱いなんだよ。違うんだよ。俺は普通なの！　あいつ一人がうちの家族の中で異質なの！」

「それは大変でしたわね」

「――男子にはあのリオンの兄貴だって恨まれるし、女子には怖がられるし。おまけに、リオンが変に出世するから結婚も出来ないし」

リオンの兄という立場は、ニックスにしてみれば色々と大変だ。

出世した弟の立場を利用して、などと考えないところにニックスの善良な本性が出ている。

ドロテアは、ニックスの手に緊張しながら触れる。

「わ、私なら、そのような評判に惑わされたりしませんわ」

「ドロテアさん」

手を握られ顔を赤くするニックスだった。

「兄貴の奴、満更でもなくない!?　人をこんなにやきもきさせておいて、デートを楽しむとか信じられないんだけど」
ルクシオンに命令して二人の様子を確認していた。
テーブルの上に投影された二人の姿に、女性陣は興味津々だ。
ディアドリー先輩が涙を指先で拭っている。

「あのお姉様が普通のデートをしている。昔のお姉様なら、殿方に首輪を付けて連れ回していたでしょうに」

普通にデートをしているだけで感動物らしいが、指摘せずにはいられなかった。

「ディアドリー先輩も、俺をペットにしたいとか言いましたよね？」

修学旅行の帰りに公国と遭遇した時だ。

だが、この話を知らなかったアンジェが、ディアドリー先輩を睨む。

「私はその話を聞いていなかったぞ」

アンジェがリビアを見れば、包み隠さず全てを話す。

「確かに言いましたね。リオンさんがアンジェは見捨てられないけど、他はどうでもいいみたいなことを言ったら、その太々しい態度が気に入ったって」

「そ、そうなのか？　う、うむ、それはいけないな」

リビアの説明を聞いて、アンジェが俺をチラチラ見て顔を赤くしている。

――止めて。俺も恥ずかしい。

あの時はアンジェを助けようと焦っていたこともあって、普段は口にしないような台詞を言っていた。

両手で顔を隠す俺を見て、リビアはニコニコしていた。

「男性は一度くらい、お姫様を助ける騎士に憧れるんですよね？　リオンさん、そう言ってアンジェを助けようと頑張っていましたよ」

俺が黙ってしまうと、アンジェが照れながら咳払いをする。

「んっ！　リビア、そこまでにしてやれ。リオンが困っているじゃないか」

「そうですね。でも、あの時のリオンさんは本当に素敵でしたよ」

赤面している俺を見て、ディアドリー先輩もクラリス先輩も鋭い目つきをリビアに向けていた。

目の前で惚気(のろけ)られれば腹も立つだろう。

ノエルが映像に動きが出たと声を上げる。

「あ、手を繋いだ！　ニックスさん、嬉しそうじゃない？　どう見てもお似合いだよね」

二人の姿を幸せそうに見ていたリビアも、ノエルの意見に賛同する。

「そうですね。二人とも何だか楽しそうですよ」

俺は顔を上げ、楽しそうなニックスを見て羨ましくなった。

俺にも可愛い婚約者たちがいるが、一人の女性と向き合っているニックスが羨ましくもある。

複数の女性と結ばれた俺には、ニックスのような純愛は眩しく見える。

――ハッキリ言おう。

俺は今の状況を後悔などしていない。

だが、ニックスが羨ましいのも事実だ。

そして、ルクシオンが決定的な発言をする。

『両者心拍数と体温が急上昇していますね』

「ルクシオン、ハッキリ言ってくれ。それはつまり、どういう状態だ？」

『興奮されています』

「嫌いとか、そんな感じは一切ないんだな？」

『可能性は低いと判断します』

「――そうか」

俺とルクシオンの会話を聞いていた皆は、「もっと言い方があるだろうに」という顔をしていた。

どんなに取り繕おうとも、ニックスは大喜びしていると全てのデータが証明している。

少し前まで俺とは釣り合わないとか、性格がどうとか文句ばかり言っていた癖に今は興奮中とは恐れ入る。

何なんだあいつは？

「散々文句を言っていた癖に、やっぱり美人には簡単に転ぶな。断るつもりなら手を貸す予定だったけど、もうどうでもいいや」

投げやりな態度を見せると、ルクシオンが俺に確認する。

『それでは、ドロテアとの結婚に賛成されるのですか？』

「だって嬉しそうじゃないか」

映像の中のニックスは、ドロテアさんと初々しいカップルにしか見えなかった。

俺は席を立ちその場を離れる。

『どちらへ向かうのですか？』

「親父やお袋の所。兄貴はドロテアさんと仲良さそうだった、ってな。あの二人もそれを聞けば、少しは安心するだろ」

本当に人騒がせな兄貴だよ。

◇

ニックスがドロテアと別れて部屋に戻ると、バルトファルト家が使用する部屋なのに何故かローズブレイド伯爵がいた。

「息子よ！」

そして、ニックスに向かって息子と呼んでくる。

「伯爵？　え、なんでここに？」

ローズブレイド伯爵はニックスに近付くと、両手でニックスの右手を握って大きく上下に振る。

「話は聞かせてもらった。ついに覚悟を決めてくれたようで嬉しいよ」

「――――は？」

驚くニックスだったが、周囲にいる家族は自分たちを囲んで拍手を送ってくる。

両親は涙目になりながらも喜んでいた。

「ニックス、お前が選んだなら俺は文句を言わないぞ」

「お、親父？」

「伯爵家のお嬢様とうまくやれるか心配だけど、お前は昔からしっかりしているから安心よね？　ニックス、おめでとう」

「お袋!? 何を言っているんだ!?」

状況が飲み込めないニックスに、ローズブレイド伯爵が嬉しそうに話す。

「侯爵――リオン殿から話は聞いた。満更でもないなら、先に教えてくれ。だが、君は誠実でちょっと奥手なのだろう。娘の父親としては安心できる」

「い、いや、まだ受けるなんて話はしていませんけど?」

会話は盛り上がり、満更でもなかったのは事実だ。

だが、結婚云々の話は一切していなかった。

それに、自分たちの会話を誰かが聞いていたとは思えない。

(何で楽しそうにしていたって知っているんだ？)

狼狽するニックスに対して、笑顔だったローズブレイド伯爵が目を細める。

握られた手がギチギチと音を立てていた。

「うちの娘では不満かな？」

「そ、そんな事はありませんよ。でも、俺は相応しくないかなって」

(素敵な人だとは思うけど、俺とは性格が合わないだろ)

ローズブレイド伯爵がまた笑顔を見せる。

「だったら問題ない。君は娘に釣り合うと、私が保証する！」

誰にも文句は言わせないという態度だった。

どうしてこんなことになっているのか？　ニックスが自問していると、視界にニヤニヤしながら拍手をしているリオンの姿が入った。

（ま、まさかこいつ!?）

ニックスはリオンに問う。

「リオン、まさかお前が黒幕か？」

「黒幕？　何を言っているんだよ。仲良さそうにしていたから、それを親父とお袋に教えただけだよ。そしたら、ニックスが決めたならって二人が言うから」

「仲良くしているってどうして知った？　お前はあの場にいなかったよな!?」

それについて答えるのはルクシオンだ。

『私が報告しました。ちなみにですが、心拍数、体温、表情などから、二人は興奮状態にあると判断し、そちらも報告しております』

「ルクシオン、お前も協力したのかよ！　いつもみたいにリオンを止めろよ！」

『第三者から見て、今の兄君はドロテアに惚れています。アンジェリカたち全員の意見も一致しているので、間違いないかと。手を握った際の心拍数の変化を表示しましょうか？　ドロテアに興奮していましたよね？』

手を握られてドキドキしただろ？　そんな風に言われては、ニックスだって恥ずかしい。

「言い方ってものがあるだろ！」

話を聞いていたローズブレイド伯爵がニヤニヤとする。

「ドロテアで興奮したのか。父親としては複雑な心境だが、娘に好意を持っていることに変わりはない。すぐに婚約の手続きに入ろう」

「こ、心の準備が」

理解が追いつかないニックスの態度に呆れたのか、リオンが溜息を吐いて言う。

「兄貴はヘタレだな」

ニックスは思った。

(お前が言うなよ、このヘタレ野郎が！)

様子を見ていたアンジェやリビア、そしてノエル——そして、家族も思ったことをルクシオンが代弁する。

『それはマスターが言っていい台詞ではありませんよ』

第08話

「苗木ちゃんの真実」

ドロテアは自室でベッドに腰掛け天井を見上げていた。

城の中をニックスに案内しただけだが、今でも鼓動が速い。

自分はうまくやれただろうか？　嫌われていないだろうか？

そんな風に考えては、時々無性に恥ずかしくなる。

小さな失敗を思い出しては、どうしてあそこであんなことをしたのかと後悔する。

一人で色々と考え込んでいると、ドアがノックされてドキリとする。

「な、何か？」

『お姉様、ディアドリーです』

「開いているわ」

姿勢を正して何事もなかったようにディアドリーの入室を許した。

部屋に入ったディアドリーは、満面の笑みを浮かべている。

「朗報ですわよ、お姉様。正式に婚約する方向で話が進んでいますわ」

「はへっ!?」

婚約と聞いて変な声が出てしまうドロテアに、ディアドリーが近付いて手を握る。

「色々と手続きは残っていますが、ほぼ婚約成立で間違いありませんわよ」

「ど、どうして？　あの、ニックス様は何か言っていませんでしたか？」

城を案内した際には婚約についての話は何もなかった。

そのため、自分は失敗したと思い込んでいた。

しかし、婚約成立と聞いて気が動転する。

ディアドリーは、ドロテアにお礼を言う。

「本人からはまだですわ。それは、お姉様が直接確認してください。――それと、おめでとうございます」

「あ、ありがとう」

「それにしても、お姉様が結婚ですか。下手をすれば誰とも結婚しないと思っていましたよ。それで、首輪はどうするつもりですか？　お相手はあまり首輪を好まれませんし、あまりお勧めしませんよ」

「もういいわ」

「あら？」

意外な反応だと思ったのか、ディアドリーはドロテアの心境の変化が気になるようだ。

だから、ディアドリーは首輪などいらない理由を話す。

「そんなものがなくても、繋がれると気付いたもの」

ディアドリーが肩をすくめる。

「愛ですか？」

「そうとも言えるわね」

(鎖よりも強い繋がりがあれば――)

ハッキリとは答えないドロテアは、鎖以上に強い繋がりを持ちたいと思うようになっていた。

◇

「俺を裏切ったな、このヘタレ野郎！」

アインホルンの甲板で、俺はニックスに胸倉を掴まれていた。

「二人っきりで嬉しそうにしていただろうが！　みんなが、アレは間違いなく惚れているって言ったんだよ！」

アンジェたちがそう言っていたから、間違いないはずだ。

俺から見ても苛々するくらい仲良く見えた。

ただ、ニックスは皆に見られていたことが許せないらしい。

「みんな!?　みんなで俺たちの姿を監視していたのかよ！　趣味が悪いにも程があるだろ！」

「兄貴が心配だったんだ。それなのに、楽しそうにしやがって」

困っているところを見るから楽しいのであって、何が悲しくて楽しそうな二人の姿を見なければならないのか？

「お前は俺より恵まれている癖に、なんでそんなに心が狭いんだ！」

「心が広いから、兄貴の結婚の後押しをしたんだろうが！　足を引っ張らないだけ褒めて欲しいね」

本気で嫉妬していたら、後押しなどしなかった。

ニックスには幸せになって欲しいから、似合わないのに俺が二人をくっつけるためにわざわざ動いたんだ。

それなのに、心が狭いとは心外だ。

『お二人とも、見送りが来ましたよ』

ニックスは俺から手を放すと、現れた人物を前に体を強張らせてしまう。

顔を赤くしており、どう見ても意識している。

相手も同じだ。

ドロテアさんも緊張した様子で、ニックスの前に来ると俯いていた。

「ニックス様。あ、あの、近い内に必ずうかがいます」

「あ、はい。お、お待ちしております」

二人揃って言葉を詰まらせている。

そのまま話を終えてドロテアさんが去るのだが、何度も振り返ってニックスに手を振っていた。

その様子を、同じように見送りに来たディアドリー先輩が微笑ましそうに見ていた。

「本当に初々しいですわね。見ているこっちが恥ずかしいですわ」

「色々と文句を言っていた癖に、本人を前にすれば緊張しやがって」

ニックスに対して悪態を吐けば、側にいたルクシオンが一つ目を左右に振って呆れた様子を見せてくる。

『マスターは兄君以上に面倒でしたよ』

「そんなことないって」

『それでは、アンジェリカたちに聞いてみてはいかがです？　アンジェリカ、感想をお聞かせください』

ルクシオンに呼ばれたアンジェが、俺を見て腕を組む。

「リオンの方が面倒だった。最後の最後まで、ハッキリしないままだったからな。不意打ちで婚約式をしなければ、一生逃げていたんじゃないか？」

「そ、そんなことはないと思います」

弱々しく否定をすれば、アンジェは「どうだかな」と言ってリビアを見る。

『それでは、リビアの意見をお聞かせください』

リビアは言葉を選びながら話す。

「そうですね。ヘタレかどうかはともかくとして、面倒さではリオンさんが上ですかね？　結局、私たちの方から告白しましたし。でも、私は自分たちから勇気を出して告白したことを後悔はしていませんよ」

言い返そうにも言葉が出てこなかった。

よく考えると、ニックスよりも酷かったかもしれない。

『過去の自分を美化しすぎるマスターですから、情けない姿など忘れ去ったのでしょうね。その辺り

について ノエルは意見がありますか？』

　話を振られたノエルは、ジト目で俺を見ている。

「あるけど、先にニックスさんに謝ったら？」

　皆の視線がニックスに注がれるが、本人はドロテアさんの方を見てまだ手を振っていた。

　――これで自分が惚れていないと言い張るニックスの気が知れない。

　ディアドリー先輩は、その姿に「あらあら」と満足した顔を見せていた。

「それでは、私も行きますわ」

　ディアドリー先輩が船を下りると、惚けたニックスを見ていたジェナが肩をすくめて大きな溜息を吐く。

「デレデレして信じられない」

　フィンリーもニックスを見て、情けないと首を横に振っている。

「私はすぐに熱が冷めると思うけどね」

　ジェナもそんなフィンリーの意見に同意すると、二人してニックスの将来について盛り上がっていく。

「あんたもそう思う？　今は熱に浮かされてしおらしいけど、どうせすぐに化けの皮が剥がれて最初の頃みたいになるわよね」

「いつまでも本性なんて隠し通せないもんね。私は数ヶ月で兄貴が尻に敷かれると思うわ」

「結婚してしまうと、相手の粗が急に目立つって聞くし、もっと早いんじゃない？」

夢も希望もない話をする二人に、ニックスが振り返って怒鳴りつける。

「お前ら、もう少し前向きな話はできないのかよ！」

「現実的で頼りになる話でしょ？　今からニックスも覚悟しておけば、傷つかずに済むわよ。私たちに感謝しなさい」

ジェナの現実的な話に、俺もニックスも言葉が出てこない。

だから、俺は苦し紛れにジェナとフィンリーを責めるような発言をしてしまう。

「女の子ならもっと夢を見た方が可愛げがあるぞ」

そんな俺の意見に対して、二人は顔を見合わせると鼻で笑っていた。

「な、何だよ？」

ジェナとフィンリーは、手で口元を隠すように笑っていた。

「ニックスよりも将来不安なリオンの方が、現実を見た方がいいと思っただけよ」

「兄貴は自分のことを心配した方がいいわよ」

その態度と表情が腹立たしかった。

兄妹で騒いでいると、親父とお袋が腰に手を当てて深い溜息を吐いていた。

春休みも残り少なくなった頃。

学園に向かう前に、片付けておかなければならない問題が一つあった。

それは、苗木ちゃんを植える場所だ。

『ユメリアの要望を参考に、聖樹の苗木を植樹する浮島を選定しました』

ルクシオンに連れられてやって来たのは、どう見ても荒れた浮島だった。

見渡す限り岩と砂だらけの大地は、とても植物に適している土地には見えない。

「本当にここで良いのか？　どう見ても不向きの土地じゃないか？」

朝早くからアインホルンで新しく発見した浮島に来た俺たち。

眠そうに目をこする俺は、欠伸(あくび)をする。

空はまだ薄暗かった。

「こんな時間に来る必要があったのか？」

『文句が多いですね。今日の予定を考えれば、この時間がベストでした』

ルクシオンの計画では、この時間に植樹すれば今日は何の問題も発生せずに予定を消化できるそうだ。

ノエルの乗った車椅子を押してくるのは、ユメリアさんだ。

苗木はノエルが膝に乗せている。

ノエルは、辺りを見て俺と同じように不安がっていた。

「本当にここに植えるの？　枯れたら大問題よ」

心配するノエルを励ますのは、自信を見せるユメリアさんだ。

その大きな胸を張るものだから、余計に強調されてしまっている。

眠気が一瞬で覚めて、視線がそちらに向かうと隣に立っていたアンジェが俺の脇腹を肘で軽く小突いてきた。

「痛い」

「自重しろ。お前が見て良いのは私たちの胸だけだ」

「え、見て良いの？」

「いいぞ」

まだ頭が覚醒していないため、アンジェの提案に食いついてしまった。

だが、見て良いと言われると腰が引けてしまう。

恥じらわれると興奮するのだが、逆に堂々とされると反応に困る。

「朝だから遠慮します」

「夜だろうと遠慮するだろうに」

アンジェとの会話が終わってユメリアさんに視線を戻した。

ユメリアさんは、鍬を持って苗木ちゃんを植える部分を掘り返している。

硬い土。

素人から見ても、植物を植えるのに適しているようには見えない。

何しろ近場に水もない。

リビアが俺に不安そうに尋ねてくる。

「本当に大丈夫なんですか？　ここで育つとは思えないんですけど」

「俺もそう思うな。ルクシオン、本当に大丈夫なのか？」

明らかに問題があると思って聞いてみれば、ルクシオンからは意外な答えが返ってくる。

『私の判断はユメリアの意見と一致しています』

「え？」

『この土地だろうと聖樹の苗木は育ちます。お忘れですか？　聖樹は大気中の魔素――魔力を吸って生長する植物ですよ。水や土も大事ではありますが、それ以上に魔力があれば育ちます』

ルクシオン曰く、最低限の水と土があればいいそうだ。

「苗木ちゃんは凄いな」

『しぶとい植物です』

「もっと言い方があるだろ」

話をしている間に、ユメリアさんが準備を整えてしまった。

ノエルから苗木ちゃんを受け取ると、植樹を行う。

ユメリアさんの大きな胸が、動く度に揺れている。

一瞬だけ視線が向かうと、アンジェの後ろに控えていたコーデリアさんが咳払いをした。

「――侯爵様、視線が露骨すぎますよ」

「男の性(さが)なんだよ。もう無意識なんだ。どうにもならないんだよ」

情けなく言い訳をする俺に、リビアが頬に手を当てて困った顔を見せる。

「男の子はそうですよね。胸とかお尻とか見てきますし」

『特にマスターは女性の胸を重視しますね』

「おい！」

『知られて恥ずかしいのですか？　問題ありませんよ。日頃からマスターの視線は、胸に向かうと周囲は既に知っています』

「え？」

俺がこの場にいる面子に視線を巡らせると、皆が頷いていた。

『マスターの視線は露骨なのです。性欲に忠実なのは生物として正しいかもしれませんが、人間としての慎みを覚えましょう。胸の大きな女性が好みなのは理解していますが、恥ずかしいので止めてください』

「何で俺がお前に説教されないといけないんだよ」

この人工知能、マスターの性癖を普通に暴露してくるんですけど!?

そこはもっと隠せよ！

「出来ました！」

土で汚れたユメリアさんが大声を出して俺たちに知らせてくると、苗木ちゃんは荒廃した大地に植樹されていた。

こうして見ていても、育ちそうには見えないため不安になってくる。

「水とか栄養は与えなくていいの？」

「この子は強い子ですから大丈夫ですよ」

「強い子？」

ユメリアさんは道具を置くと、苗木ちゃんを前に屈む。

「ずっと厳しい環境で耐えてきた強い子です。栄養がほとんど与えられない環境で、自分の姿を苗木に留めて生長を遅らせながらずっと生き抜いてきたんです」

ユメリアさんの話は、まるで苗木ちゃんの姿をずっと見てきたようなものだった。

「そんなことまで分かるの？」

「う〜ん、声が聞こえる感じですかね？　本当なら、この子はもっと大きく生長しているはずなんですよ」

それを聞いたルクシオンが苗木ちゃんに近付く。

『驚異的な植物ですね』

ユメリアさんは立ち上がって腰に手を当てると、とんでもないことを言い出す。

「だから、ここで生長してもらいます！」

それを聞いたノエルが、首をかしげていた。

「今後はすくすく育つって意味だよね？」

「違います。ここで本来の姿に戻ってもらうんです」

「そんなことが出来るの!?」

驚くノエルだが、それは俺たちも同じだった。

ただ、ユメリアさんはエルフの中でも特殊な魔法が使える存在だ。

植物に関しては、本当にエキスパートだったりする。

「任せてください。いきますよ～」

そう言って、ユメリアさんは苗木ちゃんの周りを踊りながら回り始めた。

その踊りというのが、何というかコミカルな動きだった。

「その踊りは何？」

俺が聞いてみると、踊りながらユメリアさんが答える。

「自作の踊りです。元の姿を取り戻してもらうために、一生懸命に考えたんです。強い子育て、どんどん伸びろ！　強い子育て、どんどん伸びろ！」

強い子育てと声をかけて踊っていた。

その動きが割と激しく、バルンバルンと大きな胸が揺れている。

「おぉっ！　って、あれれ!?」

つい声を出して魅入ってしまうと、視界が遮られて真っ暗になってしまった。

聞こえるのはルクシオンの声だ。

『本当に学習しませんね』

視界を遮ってきたのは、俺の両隣に立っているアンジェとリビアだった。

二人が左右から俺の視界を手で塞いでいる。

「ふ、二人ともこれは違うんだ！　雇用主として、労働者の働きぶりをチェックしていただけなん

だ！」

もうちょっとだけユメリアさんの踊る姿を見ていたかった、などという下心が透けて見える言い訳をしてしまう。

だが、二人は許してはくれなかった。

リビアが俺の耳元で囁く。

「私たちが代わりに見ておきますから、心配しないでくださいね」

反対側からアンジェの声が聞こえてくる。

耳に吐息を吹きかけられて、ちょっとゾクゾクした。

「ユメリアはしっかり働いてくれている。リオンは何も気にしなくて良いぞ」

二人の優しくもどこか艶のある声には、何故か少しだけ怖さもあった。

ちょっと怒っているようだ。

「――二人とも怒った？　怒らせちゃった？」

不安そうにしていると、急に二人が驚いて俺から手を離した。

何故かまばゆい光を感じてまぶたを強く閉じる。

すぐに強い光は消えて目を開けられるようになったが、そこには生長した苗木ちゃんの姿があった。

いや、苗木じゃない。

もう若木ほどの大きさになっている。

全長は俺よりも少し高いくらいだ。

「こんな短時間で、ここまで生長したのか？」

緑色の艶のある葉を風に揺らした若木は、葉の形が苗木ちゃんと同じだった。

短時間でこれだけの若木になった事に驚いていると、ユメリアさんが笑顔で、踊りでかいた汗を拭っている。

「これが本来のこの子の姿ですよ」

驚いていると、ノエルが車椅子で自ら近付いて苗木ちゃん――もう若木になってしまったが、聖樹に触れた。

ノエルが右手で触れると、甲にある紋章が淡く緑色に発光して反応する。

俺も自分の右手が熱くなったのを感じて確認すると、紋章が浮かび上がっていた。

聖樹に触れたノエルが微笑みながら涙を流す。

「ユメリアちゃんの言う通りだ。この子、私が思っているよりもずっと強い。そっか、いらない心配だったね」

こんな荒れ地でも育つのか？　そんな風に心配していたが、問題なく育つらしい。

聖樹からは力強さを感じる。

ノエルに近付いて背中に手を置くと、故郷を思い出したのかそのまましばらく泣いていた。

故郷を離れ、やはり寂しく思っていたようだ。

ノエルは聖樹に誓う。

「私も強くならないとね。今度はちゃんと守るからね」

かつて聖樹を裏切ったレスピナス家の生き残りがノエルだ。

そんなノエルは、今度こそ聖樹を守る——正しく導こうと強く決意していた。

ユメリアさんがアタフタしながら、ノエルを慰める。

「この子は強くて優しい子ですから、きっと気持ちは伝わりますよ。だから、えっと——泣かないでください」

「——うん」

ノエルは涙を拭うが、それでも止まることはなかった。

第09話「末っ子コリン」

その頃のバルトファルト家の屋敷では、朝早くに目を覚ましたコリンが人を捜してウロウロしていた。

「あれ？　ノエル姉ちゃんは？」

居間に来るとフィンリーの姿があり、ノエルの居場所を尋ねると不機嫌そうにするが答えてくれる。

「朝早くに兄貴と出かけたわよ」

「え～、僕も起こしてよ」

「知らないわよ」

無愛想なフィンリーは、まだ少しだけ眠たそうにしていた。

長女のジェナはまだ起きてこず、フィンリーは張り合いのある姉がいないため普段よりも静かだった。

暇なのか、ノエルが帰るのを待っているコリンに話しかけてくる。

「それよりもさぁ。コリン、あんたはノエルさんにつきまとうのを止めなさい」

「何で？」

意味が分からずキョトンとするコリンに、フィンリーは詳しい事情を話さず頭ごなしに命令する。

「理由なんか知らなくて良いのよ。あんたは私の言いつけを守ればいいの。――分かった？」

念を押してくるフィンリーに対して、コリンは眉を寄せて不満そうにする。

「嫌だよ。命令しないでよ」

「いいから、近付かないの」

「何で？」

「何でもいいから」

フィンリーは絶対に理由を話そうとはしなかった。

それがコリンにはたまらなく嫌だった。

末っ子だからと馬鹿にされているような気がしたし、何よりもノエルは自分にとって理想の姉である。

優しいし、コリンとも楽しそうに遊んでくれる。

ジェナやフィンリーよりも、コリンの中では重要な存在になっていた。

「絶対に嫌だ。今日もノエル姉ちゃんと遊ぶんだ。それに、もうすぐノエル姉ちゃんは王都に行くんだろ？　しばらく会えなくなるんだよ」

会えなくなる前に、コリンはいっぱい遊んでもらうつもりだった。

そんなコリンに、フィンリーは複雑そうな表情を見せて――諦めたのか溜息を吐いた。

「もう好きにしなさい。どうなっても知らないからね」

「フィンリー姉ちゃんに言われなくても好きにするよ～だ」

そう言うと、コリンはノエルの帰りを待つ。

春休みも残すところ僅かとなった。

数日後には学園に戻って、新学期の準備に入らなければならない。

「マリエたちはうまくやっているかな？　何か報告はないのか？」

ルクシオンにマリエたちの状況を尋ねるが、普段と変わらない答えが返ってくる。

『現時点で異常はないそうです。クレアーレの単独行動が目立ってはいますが、マリエが学園内の調査に精力的です。問題はないと判断します』

調べてはいるが、特別な情報もないのが現状だ。

それでも、マリエが俺の言い付けを守って情報収集を頑張っていると聞くと、安心するというよりも不安になってくる。

「マリエが真面目に情報収集か。少し気が緩むと思ったんだけどな」

『その方が良かったのですか？』

「少し遊ぶくらいは俺だって許すさ。少し強めに言い付ければ、適度に気を緩めて良い感じになると思ったんだけどな」

思ったよりもマリエが真面目に働いている。

そのため、少々威圧しすぎたと俺は反省していた。

あいつも春休みくらいはもっと息抜きがしたかっただろうに。

『マリエもアルゼル共和国の一件が応えたのでしょう』

「そうだな。あいつ、レリアが巫女になるのを最後まで反対していたからな」

ノエルの双子の妹であるレリアは、俺たちと同じ転生者だった。

そのレリアが好き勝手に動いたために問題も起きたが、最終的に本人がノエルの代わりに巫女になってアルゼル共和国に残った。

愛した人を失い、そしてアルゼル共和国の象徴として生きる道を選んだ。

羨ましいと思うかもしれないが、実情は想像よりも厳しい。

巫女として大事にはされるだろうが、国の象徴として生きるのは楽ではないはずだ。

そんな立場を自ら選んだレリアに、マリエは理解できないと怒っていた。

俺たちにも反省する点は多かったし、もっとうまくやっていればと何度も思った。

マリエも後悔しているのだろう。

「それで、五馬鹿の方は？」

『相変わらずです。成長したかと思いましたが、大きなマイナスがゼロに近付いただけでマイナスのままです』

ルクシオンの五馬鹿に対する評価は低い。

共和国で多少マシにはなったと思っていたが、何かやらかしたのだろうか？

「何かしたのか？」

『ユリウスですが、学園の敷地内で隠れて家畜の飼育を行っていました。小屋まで用意して、鶏を飼っていたようです』

「串焼きにするために？」

『はい。呼び出しの上で説教を受け、現在は謹慎中ですが飼育小屋の存続を熱望しています。ちなみに、学園の敷地内を荒らしたため賠償金が発生してマスターに請求が来ています』

「何でだよ!?」

『ローランドがマスターに請求書を回したからです』

「親子揃って俺を困らせるのか。とりあえず、ユリウスは一発殴る」

『お優しいですね。それで次はブラッドです』

ちょっと待て？　もしかして、一人一人報告があるのか？

マリエからはたいした報告が届かないのに、五馬鹿の駄目な報告ばかり届くって酷くないか？

『学園内に見世物小屋を勝手に用意しました。学園から修繕費の請求が来ています』

「ブラッドも請求されたのか!?」

『はい。慣れないテントを用意して、それが崩れて学園に被害が出ています。ブラッドはマスターの部下であり、監督責任を問われて修繕費の負担を求められました』

「今までを考えればマシになったのかな？」

『ちなみに、ユリウスとブラッドは共に被害額が少ないです』

「――おい、更に問題を起こした馬鹿がいるのか？」

『お喜びください。漏れなく全員が問題を起こしました。大人しかったのは、マリエ、カーラ、カイルの三名のみです』

「全然喜べないな」

つまり、グレッグ、クリス、そしてジルクの三人も何かやらかしているわけだ。

「残りの三人は何をした？」

『グレッグですが、学園に無断で部屋を改装しました。本人曰く、自室をトレーニングルームにしたかったそうです』

「許可を取れ、許可を！」

『そして、改装を自ら行ったために失敗も多かったようです』

素人が下手に手を出して、色々と駄目にしてしまったそうだ。

当然だが、学園はトレーニングルームへの改装を拒否。改装前の状態に戻すと決めた。

そのため修繕費が発生したが、五馬鹿のお小遣いではまかなえず俺に請求が来ているとか悲しくなってくる。

「クリスは？」

『――学園の風呂が汚いと、勝手にリフォームをしたそうです。これについては、リフォーム代金の請求がマスターに届いています』

学園側も、クリスが勝手に風呂場を全てリフォームしてくれてちょっと嬉しかったらしい。リフォーム前に戻すつもりはないようだ。

ただ、代金を支払うつもりは一切ないそうだ。

だから、リフォーム代金はクリスの上司である俺に来た。

本人たちに支払い能力はないからな。——それなのに、どうしてリフォームしようなどと考えたのだろうか？

「共和国でお金の大切さを学んだばかりだろ？　あいつら、もう忘れたのか？」

『クリスの言い訳ですが、いずれ支払うつもりだったそうです。支払いを先延ばしにしてくれると考えていたのでしょう』

「阿呆か」

『間違いなく阿呆ですね。最後ですが——』

「一番聞きたくない奴が最後に残ったな」

どいつもこいつも酷すぎるが、ここまでならまだ納得できた。

普通ならあり得ない話だが、五馬鹿の酷さを知っている俺からすれば成長すら感じている。

これまでを考えれば、この程度の被害は可愛いものだ。

しかし、五馬鹿の中で質が悪いのがジルクだ。

『——芸術品の購入で以前に迷惑をかけたことを反省したそうです』

「あいつ反省できるの!?」

ちょっと感動すら覚える俺だったが、すぐにルクシオンが正気に戻してくれる。

ジルクが簡単にまともになるなら苦労などない。

『ですから、自分で芸術品の制作に取りかかろうとしました。そのために窯を用意して、焼き物製作の準備に入っていました』

「おい、何を用意したって？」

『窯です。しかも、学園の敷地内に用意していました。用意するお金も請求されますが、壊すための費用も請求されています』

行動力のある馬鹿って凄いよな。

学園内を自分の敷地とでも勘違いしているのだろうか？

これなら、ユリウスがこそこそと鶏を飼育していたのが、悪いことをしていると理解している分だけまだ可愛く見えてくる。

ブラッドも見世物小屋がテントだったから、まだいいのか？

グレッグも被害額から言えばギリギリセーフかな？

クリスは——支払うつもりはあったから、まだ許せるか？

だが、ジルクは駄目だ。

「学園に戻ったらジルクはぶん殴る」

『ユリウスは見逃すのですか？』

「ジルクと比べると殴るまではないかなって」

『マスター、五馬鹿に甘くなっていませんか？』

「そ、そうか？」

しかし、分かってはいたが、五馬鹿を放置すると本当にろくなことをしないな。

もしかして、マリエが真剣に情報を集めているのは、五馬鹿の失点を何とか回復するためではないだろうか？

問題を起こす五馬鹿のせいで、俺が機嫌を損ねると考えて必死に駆けずり回っていると思えば妙に納得出来る。

その可能性の方が高いな。

それにしても、五馬鹿は本当に役に立たないな。

役に立たないだけならまだしも、こちらの負担が増えていく一方ではないか。

「五馬鹿がいるだけで出費が増えていくな」

『本物の疫病神ですね。――消しますか？』

まるでゴミを片付けますか？　みたいな軽い感じで尋ねてくるから困る。

「駄目だ」

『残念です』

少し俯いてみせるルクシオンは、本当に残念そうに見える。

こいつ、俺の命令さえあれば簡単に五馬鹿を処分しそうだな。

ルクシオンの物騒な発言にも困ったものだと思っていると、部屋のドアが強めにノックされる。

ノックの主はアンジェだった。

『リオン、時間があるならすぐに来て欲しい』

◇

ノエルがリハビリのために使っている部屋がある。

手すりをはじめ、リハビリのための設備がルクシオンにより揃えられた部屋だ。

先程までリハビリをしていたノエルが、今は休憩のため車椅子に座っている。

「何とか間に合ったわね」

リハビリの成果に嬉しそうにするノエルの近くには、リビアの姿があった。

ノエルのリハビリに付き合っており、本人も嬉しそうにしている。

「これまでの頑張りが報われましたね」

「うん！」

リビアは日頃からノエルのリハビリを手伝っていた。

そのため、ノエルが順調に回復している姿を本当に喜んでいた。

そんな二人の姿を見ているのは、ノエルのリハビリを見ていたコリンだ。

盛り上がっている二人を見て、寂しそうにしている。

ノエルに構ってもらいたいのだが、今はリビアがいる。

それに、リハビリの邪魔はするなと両親にもきつく言われていた。

本当は一緒に遊んで欲しいが、ノエルがリハビリ中なので我慢して終わるのを待っているのだろう。

そんなコリンをリビアが気にかけたのか、顔を向けて微笑んでくる。

「コリン君にはつまらないでしょう？　お外で遊んできたらどうかな？」

リビアも、何故か今日に限ってコリンをリハビリ室から追い出そうとしていた。

その理由がよく分からないコリンだが、ノエルの側にいたいため拒否する。

「ここでいいよ」

「——そっか」

リビアは複雑な表情を見せるが、すぐにノエルとの会話に戻っていた。

今日のコリンは、ノエルを見ていると普段よりも胸が苦しい。

（ノエル姉ちゃんの姿を見ているとドキドキするな）

最近はいつもノエルの姿を探してしまう。

それなのに、二人きりになるとうまく話せない。

こうしたことは今までになく、コリンも戸惑っていた。

子供ながらに最初は病気かとも考えたが、ノエルと一緒の時や、ノエルのことを考えている時ばかりに胸が苦しくなる。

この症状に時々不安になるものの、コリンもこの気持ちの正体に気付き始めていた。

（やっぱりそうなのかな？　ジェナ姉ちゃんとフィンリー姉ちゃんも話をしていたし、間違いないのかな？）

二人が話していた内容は、胸が締め付けられるような恋がしたい、だ。

恋をすると胸が苦しくなると子供のコリンにも知識があり、その原因がノエルにあるというのも何となく理解していた。

気付き始めると止まらない。

（僕はノエル姉ちゃんのことが――）

意識すると耳まで赤くして恥ずかしがるが、そうしていると部屋にアンジェが戻ってきた。

「連れてきたぞ」

明るい声色のアンジェの後ろには、ルクシオンを連れたリオンの姿があった。

リオンはこの部屋にコリンがいるとは知らなかったようだが、最近はノエルにつきまとっているので不思議にも思わなかったらしい。

「コリンもここにいたのか」

リオンの登場に、大好きな兄が来たとコリンも喜ぶ。

「うん。ノエル姉ちゃんが心配でさ」

「お、偉いな。後で小遣いをやるよ」

「いいの！」

『マスター、弟君を甘やかしすぎですよ』

コリンに激甘な対応を見せるリオンを、普段通りルクシオンが諫める。

見慣れた光景だが、コリンには少し妙な感じがした。

「あれ？　どうしてリオン兄ちゃんがここに来たの？　普段はあまり来ないよね？」

尋ねれば、リオンは素直に答えてくれる。

「普段はノエルが嫌がるからな」

リオンがそう言って、汗ばんだ姿のノエルを見た。

ノエルの方から来るなと言われていたようだ。

「休暇中に付き合わせるのも悪いでしょ」

「別に気にしなくていいのに」

「こっちが気にするのよ」

二人が話している姿を見て、コリンは無意識に右手で胸元を握り締める。

（あれ？　ノエル姉ちゃん、僕の時よりも嬉しそうな声だ）

コリンが黙ってしまうと、リオンが視線を戻してそのままもう一つの質問に答える。

「そういうわけで普段は来ないんだけど、今日はアンジェにどうしても見て欲しいものがあるって言われたんだよ」

名前を出されたアンジェは、ノエルに顔を向けると頷いて見せた。

それを合図にして、ノエルがリハビリの成果を見せようとする。

リビアはノエルの車椅子を支えて、万が一にも転倒しないようにサポートするようだ。

そして、ノエルがゆっくりと車椅子から立ち上がる。

「ノエル!?」

『これは予想外でしたね』

リオンもルクシオンも驚いた理由は、ノエルがもう立てるようになったからだ。

一度は死んでもおかしくない大怪我をしたノエルだったが、ルクシオンたちに治療されて命を取り留めた。

その後は様々なサポートを受けて、立てるまでに回復していた。

本人はリオンを前に少し無理をしている。

脚が少し震えていたが、笑顔を見せて大丈夫だとアピールしていた。

「苗木ちゃんも立派に成長したんだし、あたしも頑張らないとね」

聖樹の成長とノエルのリハビリは無関係だ。

しかし、聖樹が強く生きようとしているなら、自分も頑張ろうとノエルは思ったのだろう。

普段よりもスムーズに立ち上がるノエルの姿を見て、コリンも嬉しかった。

(ノエル姉ちゃん、今まで頑張っていたからな。本当に凄いや)

コリンは日頃からノエルの頑張っている姿をよく見ていた。

リハビリの苦労を理解しているとは言えないが、その様子からどれだけ苦しいのかは察していた。

それを乗り越え、歩けるようになったノエルを素直に尊敬する。

そして、ノエルがリオンに向かって歩き出す。

ゆっくりと、一歩ずつ確実にリオンに近付くその姿をコリンは応援したくなった。

(頑張れ！　ノエル姉ちゃん頑張——)

だが、気付いてしまった。

「――え？」

ノエルが歩み寄ってくると、リオンが照れながらも両手を広げる。

そんなリオンの胸に飛び込むようにゴールするノエルは、嬉しそうにしていた。

リオンは最初こそ照れていたが、ノエルの姿に心を打たれたようだ。

広げた腕を閉じて、ノエルを抱きしめて優しい言葉をかける。

「頑張ったな、ノエル」

「えへへ、みんなのおかげだよ。オリヴィアさんもアンジェリカさんも、それにお義母さんたちも手伝ってくれたからね」

「――俺はあんまり手伝わなかったけどな」

「落ち込まないでよ。あたしの方から断ったんだからさ。リオンは休める内に休んだ方がいいと思うよ」

「いや、それはそうなんだけどさ」

「それにね。リオンには歩く姿を見せて驚かせたかったんだ」

嬉しそうに抱き合う二人の姿に、子供のコリンにも何が起きているのか理解できてしまった。

呆然とするコリンを見て、アンジェとリビアは困った顔をして近付いてくる。

アンジェは戸惑いながらも、屈んでコリンと目線を合わせて話しかけてくる。

「コリン、お菓子を用意しているから別の部屋に行こう」

気を遣ったのだろう。

わざわざお菓子を用意したのは、きっとこうなると気付いていたからだ。

リビアも同様だ。

「アンジェがおいしいお菓子を用意してくれたんだよ。早くしないと、お姉ちゃんたちに食べられちゃうよ」

ノエルと抱きついているリオンの姿を自分たちの体で隠し、コリンを部屋の外へ強引に連れ出そうとしていた。

コリンは涙があふれてくる。

二人の体の隙間から見えたのは、リオンに嬉しそうに――頬を染めて抱きつくノエルの姿だった。

コリンはこの瞬間に、二つの経験を積んだ。

一つは初恋だ。

自分がノエルに恋をしていると、この瞬間に気が付いた。

もう一つは失恋だ。

ノエルが自分ではなく、兄のリオンを愛していると察した。

初恋を認識したと同時に、失恋も経験してしまったコリンは――泣き出して部屋を飛び出してしまう。

「リオン兄ちゃんの馬鹿ぁぁぁ!!」

リオンに向かって怒鳴ると、コリンは部屋から走り去る。

後ろから、アンジェとリビアの焦った声が聞こえてきた。

「ま、待て！」

「コリン君、話を聞いて！」

ノエルの驚く声もする。

「どうしたの、コリン!?」

逃げ去るコリンだったが、ノエルの声に一瞬だけ背中が引っ張られたように止まりそうになる。

しかし、リオンの大声が聞こえてきた。

「コリン!!　兄ちゃんが何かしたか!?」

その声に耐えられず、コリンは再び走り出す。

自室まで全速力で走るコリンは、途中で誰かとすれ違って廊下を走るなと言われても気にする余裕がなかった。

自室に逃げ込むと、ベッドに入って頭から毛布をかぶる。

そのままグズグズと泣き続けていると、ドアが激しくノックされた。

外にいるのはリオンとルクシオン――他には、アンジェとリビアの声も聞こえてくる。

『コリン出てきてくれ！　兄ちゃんが悪かったら謝るから！　とにかく話し合おう。話せば解決するからさ』

『無理だと思います』

『今は茶化すなよ！』

『茶化していません。今は放置が正解ですよ』

『コリン！　兄ちゃんと話をしよう。お願いだから部屋から出てきてくれ』

ルクシオンに無理だと言われ、ムキになるリオンの声は切羽詰まったものだった。

弟のコリンに嫌われたのが、余程ショックだったのだろう。

リオンは普段から姉妹を軽視する発言が目立っているが、逆に兄弟に関しては心を許している発言が目立つ。

実際に妹のフィンリーよりも、弟のコリンを可愛がっていた。

そんなコリンから嫌われたのが、本人には信じられないのだろう。

アンジェがリオンを宥める声がする。

『もう落ち着け。今はそっとしておこう』

『嫌だ！　俺は弟に嫌われたくないよ』

情けない声を出して嫌がるリオンに、リビアが優しい声で諭す。

『時間が必要な事もありますよ。今はコリン君が落ち着くのを待ちましょう。ね、リオンさん？　コリン君が落ち着く時間を作ってあげましょう』

『でも――だって――』

普段の太々しいリオンの姿はそこになかった。

丁度部屋の近くをフィンリーが通りがかり、そんなリオンを見て腹が立ったようだ。

苛々した声が聞こえてくる。

『何をしているのよ？』

『コリンが閉じこもったんだ。俺に馬鹿って——何か理由を知らないか？』

『馬鹿だから馬鹿って言われるのよ』

『何だと！』

『そもそも、兄貴たちはコリンに甘すぎるのよ。妹の私も大事にしなさいよ』

『俺は妹的な存在が嫌いなんだよ！』

『何よ、やろうって言うの？』

『妹だからって俺が手加減すると思うなよ。長年妹に苦しめられてきた俺は、お前にだって仕返しするからな！』

妹だろうと仕返しをすると宣言するリオンに、ルクシオンが呆れた声色で指摘する。

『仕返しとなると、一度はやられるのですね。やられる前に対策を講じるべきではありませんか？』

『コリン。兄ちゃんが悪かったよ。謝るから出てきてくれ！』

ルクシオンの指摘に答える余裕もないのか、リオンはドアの前で騒いでいた。

コリンは、部屋の中で毛布に潜ってすすり泣きながら声を漏らす。

「こんなのってないよ」

こうして、コリンの初恋は終わった。

「コリンに嫌われてしまった。——俺はもうおしまいだ」

家族の集まる居間には、俺の他にはニックス、ジェナ、フィンリーの兄弟が揃っていた。

ルクシオンもいるが、アンジェとリビアは席を外している。

兄弟たちが周囲にいて、落ち込む俺の姿を全員認識はしていた。

だが、誰も慰めては来ない。

ニックスは手紙を両手で握り、悩みながら小さく溜息を吐いていた。

「こういう時に詩的な文章が書けると格好いいだろうな。学園でもっと真剣に勉強すれば良かったよ。古い言い回しは知っているけど、最近の流行なんて知らないからな」

手紙の差出人はドロテアさんだ。

ローズブレイド領から戻ってくると、二人は早速文通をしていた。

ニックスはその返事に頭を悩ませている。

居間にあるテーブルを囲む兄弟。

ニックスの向かい側に座るジェナは、テーブルの上に置かれたクッキーを手に取って口に運びながらニックスをからかっていた。

「センスがないニックスが詩的な文章？　笑われるだけだから止めておけば」

言われたニックスがジェナの態度を責める。

「センスがないのは自覚しているよ。それより、俺はお前の兄貴だぞ。いい加減に呼び捨ては止めろよ」

「愚弟のリオンと同じく、愚兄って呼んで欲しいの？」

兄に対して物怖じしない態度を見せるジェナに、ニックスも諦めたようだ。

「時々愚兄って呼ぶだろうが。はぁ、それより返事はどうしよう？　何か贈り物も添えた方がいいかな？」

贈り物云々と言い出せば、フィンリーが手を上げる。

「私は装飾品が欲しい。もうすぐ学園に入学でしょ？　少しは着飾りたいのよね」

学園に入学するのを心待ちにしているフィンリーは、制服に似合う装飾品が欲しいと言い出した。

それを聞いて、ニックスは僅かに不快感を示す。

「いらないだろ」

ジェナの方もニックスと同様だが、こちらは理由が違うようだ。

「王都で買った方が無難よ。向こうで流行を確認してから揃えた方が失敗しないからね」

フィンリーがジェナの方に身を乗り出して質問攻めにする。

「え、そうなの？　お姉ちゃん、今の流行とか知らないの？　ちょっと前まで王都にいたわよね？」

「何で疑問形なのよ？　流行なんて毎年変わるわよ」

「え〜、それなら王都で買うからいいお店を教えてよ。あ、いっそ一緒に王都に行く？」

「それいいわね！　フィンリーの買い物に付き合うついでに、向こうで美形を捕まえて結婚しようかしら？」

「それは無理じゃない？」

「無理じゃない！　そうしないと、いつまでもこんな田舎に縛られるのよ。私は都会で暮らしたいの！」

騒がしい兄弟たち。

俺は椅子の上で膝を抱えて座っていたが、ゆっくりと足を下ろしてから席を立ってテーブルに両手を振り下ろした。

バン！　という音が部屋に響くと、流石に無視できなくなったのか全員の視線が俺に集まった。

「少しは俺の話を聞いて心配しろよ！　俺がコリンに嫌われて、しかも引きこもったんだぞ！　この一大事に、お前らは揃いも揃ってどうでもいいことを――」

お前らのどうでもいい話なんて聞きたくない！　俺の話を聞け！　そんなことを言おうとしたために、兄弟の怒りを買ってしまった。

ニックスが眉間に皺を寄せて俺を見ている。

「コリンの話はともかくだ。お前のどうでもいい話よりも、ドロテアさんとの手紙の方が俺は重要だね」

ジェナは髪が逆立ちそうなほど憤っている。

「あんたたちの兄弟喧嘩なんてどうでもいいのよ！　こっちは将来がかかっているの！　私は王都で美形のお金持ちと結婚して、都会の女になりたいのよ！」

あまりの剣幕に「お、おう」と言ってしまった。

学園を卒業して、王都に行く機会が少ないジェナはかなり焦っているようだ。

俺が口を閉じて静かに座ると、ルクシオンが嘲笑ってくる。

『怒られてしまいましたね』

「五月蝿い、黙れ」

『そうさせていただきます。兄君、手紙の返事をお手伝いしましょうか？』

黙れと言って受け入れたのに、早速ニックスに近付いてペラペラと喋りだしてしまった。

「いいのか？」

『はい。マスターがご迷惑をおかけしましたからね。サポートはお任せください。贈り物ですが、いくつか候補をピックアップしております』

「助かるよ。ルクシオンはリオンより頼りになるな」

『当然ですね』

ジェナがルクシオンに手を上げて発言する。

「あ、それなら私には美形のお金持ちを紹介して」

『私には難しい問題ですが、候補ならご用意できますよ』

「本当にできるの!?　だ、誰？　どんな人!?」

食いついたジェナに、ルクシオンは糞野郎の名前を出す。

『ローランドという男です。年齢は四十代ですが、容姿は合格ラインだと判断します。年齢よりも見た目は若く、美形に分類されます。それから、資産は王国でも有数なのは間違いありません』

「年齢はちょっと問題だけど、悪くはないわね。どこの誰か教えてくれる？」

『ホルファート王国の国王です』

王様だと聞いて、ジェナがルクシオンを引っぱたいた。

ただ、金属の塊を叩いてしまい、ジェナの方が痛そうにしている。

「国王陛下って何よ！　駄目に決まっているじゃない！」

『側室を多く囲っているので、その中の一人に紛れ込めると判断しました』

「嫌よ！　何で女を沢山囲っている男と――い、いえ、国王陛下とだなんて恐れ多いじゃない？」

『そうですか。それは残念です』

愛人がいる男は嫌と言おうとしたが、流石のジェナも国王陛下は敬うようだ。

敬うというか怖いのか？

ただ、流石の俺も姉がローランドの愛人とか嫌だな。

こんな姉だが、一応は家族なので可哀想に思えてくる。

ニックスとジェナがルクシオンを挟んで、わいわい騒いでいるのを寂しく横で見ているとフィンリーが話しかけてきた。

「リオン兄って本当に駄目よね。こんなのが英雄とか、信じられないんだけど」

俺の日頃の姿から、英雄と呼ばれているのが信じられないようだ。

俺も同感だね。

「俺もそう思う。俺が英雄とか、この国は終わっているよな」

「それを自分で言うの？」

俺の意外な返答にフィンリーは呆れかえっていた。

◇

その頃。

アンジェとリビアの二人は、コリンの部屋の前にいた。

二人はお菓子と飲み物を用意して、ドアの前でコリンに話しかけていた。

「コリン、返事はしなくてもいい。だが、私たちの話は聞いてくれ」

アンジェがドア越しにコリンに話しかけるが、部屋からは物音一つ聞こえては来なかった。

（義両親がいれば良かったんだがな）

バルカスもリュースも不在であり、コリンを慰める役目を請け負ったのはアンジェとリビアだった。

アンジェが事情を話す。

「お前には詳しい話をしていなかったな。ノエルがアルゼル共和国の人間だというのは聞いているか？」

問いかけても返事はないが、アンジェは説明を続ける。

「リオンが留学していただろう？　その時に二人は知り合った。ノエルは複雑な立場にいるんだ。故郷では危険な目にも遭っている。——そんなノエルを救ったのがリオンだよ」

聖樹や巫女の話をしないのは、まだ子供であるコリンに対する配慮だった。

アンジェは不器用なりに話をまとめる。

「ノエルを守れるのはリオンだけだ。お前には辛いだろうが、事実を受け入れて欲しい」

(こういう話はあまり得意ではないな)

兄の婚約者が初恋の人で、告白する前に失恋した。

好きになる相手が悪かった。

アンジェが困っていると、リビアが引き継いで優しく話しかける。

「ごめんね。コリン君には辛いよね。でも、リオンさんやノエルさんを恨まないであげてね。本当は先に私たちが教えるべきだったんだけど、何て言えばいいのか迷ってしまったの」

まだ初恋だと認識していないコリンに、何と声をかけてやるべきだろうか？　そんな二人に対して、母親のリュースは「失恋も経験しないとね」と言って見守っていた。

アンジェもリビアも、その意見に従って教えなかった。

リビアがドアに手の平を当てる。

「色んな大人の事情もあって、二人は離れられないの。コリン君がもう少し大きくなったら、事情も理解できると思う。だから――」

リビアが続きを話す前に、部屋の中から音が聞こえてくる。

ドアが開かれ、隙間からコリンが泣き腫らした顔を覗かせた。

「――ごめんなさい」

◇

コリンが二人を部屋に招いた。

ベッドに座るコリンの両隣には、アンジェとリビアが腰を下ろしている。

コリンの肩や太股に手を置いて、慰めてくれていた。

ようやく落ち着きを取り戻したコリンは、ポツポツと自分の気持ちを話す。

「好きだって気付いたのがさっきだったんだ。僕——僕、恋しているって気付かなくて。それで、凄く嫌な気持ちになって逃げ出したんだ」

すすり泣くコリンに、リビアが優しく語りかける。

「嫌な気持ちになったんだね。でも、後でリオンさんには謝ろうね」

コリンは素直にリビアの提案を受け入れる。

「うん。ちゃんと謝る」

その返事にアンジェも安心し、コリンの頭を撫でてきた。

「偉いぞ、コリン」

二人に慰められたコリンは、お菓子やお茶を勧められた。

優しい二人に甘えながら、リオンとノエルへの気持ちを話す。

「僕はノエル姉ちゃんに幸せになって欲しいよ」

アンジェが頷く。

「お前は強い子だな。たとえ結ばれなくても、好きな相手の幸せを願えるのは素晴らしいことだよ。

――私には出来なかった」

コリンはアンジェの顔を見上げた。

困ったような微笑みを自分に向けているので、気になってしまった。

「アンジェリカ姉ちゃんも失恋したの？」

その質問にリビアが一瞬だけ戸惑うが、アンジェがクスリと微笑んだので何も言わなかった。

アンジェが失恋話をする。

「そうだな。酷い失恋を経験したよ。私は相手の幸せを心から願えなかった。その時の私よりも、コリンはずっと強いよ」

「アンジェリカ姉ちゃんでも失恋するんだ。オリヴィア姉ちゃんは？」

次に質問されたリビアが困った顔をすると、アンジェが促す。

「話してやったらどうだ？」

アンジェに言われて、リビアは視線をさまよわせながら話す。

「き、近所のお兄さんだったかな？　あ、憧れていたと思う」

リビアのハッキリしない言い回しに、コリンは疑問に思ったらしい。

「憧れ？　好きじゃなかったの？」

「え、えっとね。その――」

リビアが初恋について語りたがらないので、アンジェが急かす。

「私も気になるから教えてくれ。別にいいだろう？　初恋をしていたとしても、今のお前はリオンの側にいるじゃないか」

リビアが初恋の話をためらっているのは、リオンに悪いと思っているからとアンジェは考えたようだ。

過去の恋など関係ないと言うアンジェに、リビアが両手で顔を隠す。

「違うんです。私は学園に来るまで、恋とかしたことがなかったんです。意識したのも最近で、その――」

それを聞いたアンジェが、リビアが話すのをためらった理由に気が付いた。

コリンも気付く。

「もしかして、初恋の相手ってリオン兄ちゃんだったの？」

リビアが頷く。

「ごめんね。今するような話じゃないから誤魔化そうとしたの」

失恋したコリンに、自分の初恋が叶ったとはリビアも言えなかったらしい。

アンジェが申し訳なさそうにする。

「す、すまない。そ、そうか。お前はリオン一筋か。い、いいんじゃないか？　そういうこともあるさ」

「ごめんなさい」

リビアが謝罪をしてくるが、コリンは首を横に振る。

「オリヴィア姉ちゃんは初恋が叶って良かったね！」

コリンにそう言われたリビアは、少し驚きつつも褒めてくる。

「コリン君は本当に優しいね」

二人に凄いと言われるが、コリンには何が凄いのか理解できなかった。

ただ、幸せそうな二人を見て、自分もいつかこんな日が来るのだろうか？　そんな疑問が頭に浮かんだ。

「僕も二人みたいに、いつか本当に好きな人に出会えるかな？」

アンジェがコリンに言う。

「出会えるさ。そのためには、よく学べ。そして、色んな人と関われ」

アンジェの助言にコリンは目を細める。

「この話を理由に、僕に勉強させたいだけじゃないの？」

失恋を知り、少し人を警戒することを覚えたコリンの額をアンジェが優しく指先で叩いた。

「馬鹿者。学ばなければ成長せず、人と関わらなければそもそも出会いがない。それともお前は成長せず、出会いがなくてもいいと思うのか？」

「――良くない」

納得したコリンに、今度はリビアが助言をする。

「コリン君もいつか出会えるよ。身近な人でもう出会っているかもしれないし、これから出会うのかもしれない。だから、これからも出会いは大切にしてね」

「――二人はそうやってリオン兄ちゃんと出会ったの？」

この質問をしたコリンだが、すぐに後悔することになる。

アンジェが頬をほんのり赤く染めた。

「そうだな。今にして思えば、学園で多くの者と関わろうとした自分の判断を褒めてやりたい。お前の兄と出会えたのは、私の人生で幸運の一つだよ」

リビアは恥ずかしそうに顔を赤くしながらも、嬉しそうに話してくる。

「私の時は、リオンさんから声をかけてきてくれたんだよ。その時のリオンさん、本当に格好良かったの。困っている私をお茶に誘ってくれてね。紳士的で優しくて、それでね――」

二人はそのまま盛り上がり、リオンとのなれそめを語り始めた。

それを聞きながら、コリンは思う。

（あれ？　もしかして全部聞かないといけないの？）

第10話「妹」

コリンに嫌われたリオンの落ち込み具合は酷かった。

屋敷の居間にあるソファーに座るリオンは、暗い表情で俯いている。

精神的なダメージが大きいようだ。

そんな姿を見たアンジェだが、実は一つ気になったことがある。

リオンの様子を遠巻きにリビアと見つつ、心配そうに不安を漏らす。

「妹的な存在が嫌いか。妹である私も本当は嫌いなのだろうか？」

「ど、どうでしょう？」

リビアも返答に困っている。

アンジェには、上に兄のギルバートがいる。

そのため、アンジェも妹と呼べるだろう。

妹が嫌いと公言されて、ちょっと不安になっていた。

「こればかりは改善のしようがない。私はリオンに嫌われたくないぞ」

「大丈夫ですよ。リオンさんがアンジェを嫌うなんて、絶対にあり得ませんから」

「そ、そうだな。だが、リオンの姉妹嫌いは筋金入りだな」

「ルイーゼさんのおかげで、お姉さんの方は克服しましたけどね」

ルイーゼの名前が出たが、リビアは複雑な表情を見せる。

アルゼル共和国でリオンが親しくなった女性なので、二人にしてみれば面白くない話だ。

ただ、二人はリオンの姉妹嫌いが気になっていた。

それも普段の様子を見ていると理解できる。

居間にジェナとフィンリーがやって来ると、リオンを見つけて普段の仕返しにと煽り始めるではないか。

「愚弟ぃ〜。コリンにまだ嫌われたんだって？　まさか、コリンがノエルに惚れているって気付かなかったの？　相変わらず愚弟は鈍感よね」

「普通気付くよね〜。兄貴って本当に鈍すぎ」

二人に笑われるリオンだが、あまりにもショックだったのか反応が薄い。

「あっち行けよ」

ジェナは腕を組み、ニヤニヤと座っているリオンを見下ろしている。

「普段の口達者はどこに行ったのかしらね？　可愛がっていたコリンに嫌われた気分はどう？　ニックスも怒らせていたわよね？　兄弟に嫌われるってどんな気持ち？　お姉様が慰めてあげようか〜？」

「最悪だ。俺はお前たちに嫌われても何とも思わないが、兄弟に嫌われるのは心が痛い」

本気でそう思っているのか、リオンは胸が苦しそうにしている。

フィンリーが頬を引きつらせていた。

「少しは姉妹にも情を持ちなさいよ」

「ごめん、お前たちの分は売り切れだ」

相変わらず姉妹に対して塩対応だ。

ジェナとフィンリーが、リオンを見て片眉をピクピクと動かして今にも怒鳴り散らしそうにしていた。

落ち込みながらも軽口を叩けるので、アンジェとリビアはむしろホッとする。

アンジェは三人の姿を離れた場所で見ながら、リオンの気持ちにも理解を示す。

「まぁ、あれだな。血縁者でも最低限の礼儀はあるからな。それに、男爵家と子爵家は王国の方針でこれまでが酷かったから余計だろうさ」

「お二人とも悪い人たちではないんですけどね」

ジェナもフィンリーも、根っからの悪党ではない。

だが、その態度には問題がある。

リオンが嫌いになっても仕方がない環境だったとも言えるが、それだけでは説明が付かないこともある。

「ジェナの方がリオンへの当たりがきついのに、リオン自体は妹の方が嫌いに見えるな。何か理由があるのだろうか？　――リビア？」

アンジェがリビアを見ると、真剣に考え込んでいた。

視線に気付いて慌ててリビアが聞いてくる。

「な、何でしょうか？」

「気になることでもあるのか？」

「えっと——はい。でも、まだ説明するのが難しくて」

リビアがうまく説明できないと言うので、アンジェもそれ以上は聞かないことにした。

アンジェは小さく溜息を吐く。

「妹嫌いも治せないものだろうか？」

自分が妹だから余計にそう思うのだろう。

すると、ルクシオンがフワフワと浮かびながら近付いてきた。

リビアは両肩をビクリと震わせ、ルクシオンと僅かに距離を置いた。

まだ警戒しているらしい。

ルクシオンは気にした様子もなく、二人に話しかけてくる。

『マスターの妹嫌いが気になりますか？』

「おい、本当にこれでリオンの妹嫌いが治るのだろうな？」
『私の計算に間違いはありません』

「嘘を言うな。リオンに散々狂わされてきたのだろう？」

『マスターは例外です。レアケースを引き合いに出されても困ります』

アンジェとルクシオンの会話を聞きながら、リビアは自分の姿を見る。

（ちょっと恥ずかしいかも）

別室に移動したリビアたちは、着替えを済ませて部屋で待機していた。

全てルクシオンの提案だ。

リビアは不安もあったが、気になることもあってルクシオンの計画に乗ってしまった。

（妹か――以前にマリエさんが、リオンさんのことお兄ちゃんって呼んでいた。それに、あの時は深く考えなかったけど、確かに二度目の人生って言っていたわ。二度目って、どういう意味なのかな？どうしてあの時点でお兄ちゃんって）

それは公国との最終決戦前の出来事だ。

リビアは逃げ出したマリエを追いかけ、その時に全て返すと言われていた。

混乱していたのでその時は深く考えなかったが、今にして思えば不自然なことが多い。

（あれだけ対立していたのに、リオンさんもあの頃からマリエさんに気を許していた。態度は嫌っているのに、拒絶はしない――まるで本当の兄妹みたいな態度だって見せる時があるし。何かあるのかな？）

マリエを口では嫌いながらも、フィンリーに対するのと同じ態度を見せる時もある。

だが、それをリオンから直接聞くのは難しい。

リオンには隠し事が多い。

最近までルクシオンの本当の姿すら隠していた程だ。

自分たちが聞いても答えてくれるか分からないし、今は下手に聞いてリオンの負担にもなりたくなかった。

(もっとリオンさんが色々と話してくれるといいんだけど。でも、今は休んでいて欲しいし)

実は二人がコスプレをしたのは、妹嫌いを治すためだけではない。

リオンが元気になると聞いて、ルクシオンの提案に乗った部分もある。

これまで無理をしてきたリオンを元気づけるために、リビアもわざわざ着替えた。

部屋には自分たちの他に、着替えを手伝ってくれたコーデリアの姿もある。

今は部屋を出ていこうとしていた。

「それでは、侯爵様をお呼び致します」

「た、頼むぞ、コーデリア」

「はい」

恥ずかしそうにするアンジェを見るコーデリアの瞳だが、その奥が妙な光を放っていたのがリビアは気になっていた。

コーデリアが部屋を出ていくと、アンジェが自分の姿を鏡で確認する。

服装はミニスカートのメイド服。

頭部には獣の耳を模した飾りと、お尻の辺りには尻尾をもした飾りがある。

猫耳メイドの姿がそこに映し出されていた。

「本当にこれで間違いないのだろうな？　リオンが引いたら私は泣くぞ！」

リビアも完全に同意だ。

「私も泣きそうです」

以前に学園祭でメイド服を着たことはあるが、亜人の真似をするアクセサリーをつけたことはない。

ちなみに、リビアは垂れた犬耳を装着していた。

どうして二人がこんな恰好をしているのか？

全てルクシオンの計画だった。

『問題ありません。マスターは大喜びするはずです。その姿で、お兄ちゃんとでも呼べばすぐに妹嫌いも治ります。この私が保証します』

リビアはミニスカートの長さを気にしながら、ルクシオンに質問する。

「本当に喜ぶのかな？　学園祭でも私たちのメイド服姿を見ていたけど、喜んではくれたけどそこまでじゃなかったと思うんだけど」

アンジェも同じ不安を抱いていたようだ。

「獣の耳と尻尾でリオンが喜ぶのか？　それに——お、お兄ちゃんと呼べば本当に妹嫌いが治るのか？　逆に妹を意識して、私たちを避けたりしないだろうな？」

普段強気のアンジェだが、リオンに嫌われることを恐れていた。

その様子が、リビアにはとても可愛く見える。

（アンジェは今日も可愛いな）

普段とのギャップもあり、この姿が見られただけでも現状をよしとするリビアだった。

ルクシオンが二人を前にして、リオンによく見せる呆れた仕草――首振りを行った。

『お二人とも何も理解していませんね。マスターは単純です。姉が嫌いでも、ルイーゼと出会って改善しました。お二人がその姿で甘えれば、簡単に転びますよ』

リビアは手を握る。

「それはそれで嫌かな」

ルクシオンの説明が本当ならば、単純で移り気ということになる。

誰が甘えても喜ぶのではないか？　そんな不安が新たに芽生える。

そうこうしている内に、どうやらリオンが近付いてきたらしい。

ルクシオンがリオンの接近を知らせると、姿を消して隠れる。

『マスターが到着しましたね。お二人とも、指示通りにお願いしますよ』

ここまで来れば覚悟を決めるだけだ。

獣耳と尻尾のメイド服で、アンジェが気合を見せる。

「こうなれば当たって砕けるのみだ。私は覚悟を決めたぞ」

リビアもアンジェのやる気に触発されて、覚悟を見せる。

「そうですね。恥ずかしがっていたら駄目ですよね。私も本気で甘えてみます！　でも、お兄ちゃんはなんだか恥ずかしいですね」

「私も普段はお兄様と呼んでいるから、そっちの方がいいのだろうか？」

土壇場になってあれこれ考え始めると、ドアがノックされる。

『二人ともいる～？』

リオンののんきな声が聞こえてくると、二人は返事をして招き入れる。

「開いている」

「入って来ていいですよ」

ドアがガチャリと開くと、リビアとアンジェは可愛らしいポーズを取る。

獣のイメージなので、両手を少し上げて可愛く襲いかかるようなイメージだ。

最初に声を出すのはリビアだ。

「待っていましたワン、お兄ちゃん」

「――え？」

結局何と呼べばいいのか分からず、無難にお兄ちゃんと呼ぶリビアだった。

だが、恥ずかしさで顔を赤くしながらもリオンに体を寄せて甘えた声を出していた。

(は、恥ずかしい！　でも、これでリオンさんが元気になるなら安いものだし)

しかし、リオンは驚いて固まっていた。

続いてアンジェがリオンに抱きつく。

「捕まえたぞ、お兄様。遊んでくれないと暴れるにゃ～」

アンジェも恥ずかしかったのだろうが、ルクシオンの指示通りに語尾に「にゃ～」と付けている。

だが、リオンの反応は皆無だった。

その様子から、二人には失敗したとしか思えなかった。

（ルク君の嘘吐きぃぃぃ！）

心の中でルクシオンを責めるが、急にリオンが膝から崩れ落ちる。

「お兄ちゃん！」

「お兄様！」

二人が咄嗟に抱きかかえようとすると、リオンが涙を流していた。

その反応に二人が困惑して顔を見合わせると、リオンが嬉し涙を流して嗚咽を漏らす。

「俺はたった今、この場で理解した。——妹は可愛くない。けど、妹みたいな存在は可愛いって」

二人にお兄ちゃんと呼ばれ、嬉しさに泣くリオンは本音を漏らす。

「俺はこんな可愛い妹たちが欲しかったんだ！」

実際の妹と比べたのだろう。

リビアとアンジェに可愛く甘えられたリオンには、妹に対しての価値観に変化が起きていた。

アンジェが困惑する。

「妹嫌いは治ったのか？」

「いや、妹は嫌いだよ。けど、血の繋がらない妹は可愛いって俺の辞書に登録した」

妹は嫌いだが、妹みたいな存在は可愛い——リオンの価値観は確かに変化した。

それも、ルクシオンが言う通りにあっさりと。

リビアは釈然としないものがあるが、それを飲み込んでリオンが嬉しそうにしているので無理矢理納得する。

「喜んでもらえて嬉しいです」

「ありがとう、二人とも。その格好もよく似合っているよ」

二人の手を取って嬉しそうにするリオンを見ていると、確かにこの格好は効果的なのだと理解した。

アンジェはリオンの様子に満足して、安堵した表情になる。

「お前が楽しんでくれて何よりだ」

「ところで――いるんだろ、ルクシオン」

和やかなムードもここで終わりだ。

リオンはルクシオンが隠れているのを察知して、名前を呼ぶと顔付きが変わった。

ルクシオンが姿を現すと、リオンが立ち上がる。

『大喜びでしたね。ですが、もっとリアクションには気を付けるべきです。二人が不安がっていましたよ』

「言いたいことはそれだけか？　二人に何をさせているんだ？」

『妹嫌いを治したいと相談されたので、手を貸したのです。マスターの性癖などもアドバイスしておきました』

「俺にコスプレ趣味があるって嘘を吐いたな？」

『――ジョークですよ。私もクレアーレを真似てみたのですが、ジョークとは難しいですね。まさかお二人が本気にするとは思いませんでした。ですが、後で二人の姿を写真にします。何枚欲しいですか？』

「予備も含めて三枚ずつ用意しろ」

話を聞いていたリビアは、徐々に無表情になっていく。

隣にいるアンジェも同様だ。

リオンを部屋に案内したコーデリアが、部屋の外からルクシオンに話しかけて来る。

「私も三枚ずつ欲しいです。あ、お土産にお嬢様の物は三十枚ほど頂きたいですね。おいくらですか？」

『無料で構いませんよ』

「何だか申し訳ないですね」

アンジェの方は、自分の恥ずかしい写真をお土産にすると言いだしたコーデリアを見ていた。

続いて、自分たちを騙したルクシオンに視線を向ける。

「――おい」

アンジェが低い声でルクシオンを呼ぶ。

ルクシオンが赤いレンズをリビアたちに向けてくるが、ゆっくりと離れていくと部屋を出てどこかへと逃げてしまった。

『お二人とも、マスターは元気になりましたよ。作戦は成功です』

リビアとアンジェは、自分の格好も忘れて部屋を飛び出しルクシオンを追いかける。

「ルク君！」

「ルクシオン、お前に話がある！」

バルトファルト家の屋敷を、メイド服姿で走り回る二人だった。

◇

後日。

「こちらの写真はお嬢様の可愛らしさが出ていますね。ヴィンス様とギルバート様にもお渡ししておきましょう」

「あ、この写真いいな」

俺はルクシオンから受け取った写真を、コーデリアさんと一緒に山分けしていた。

コーデリアさんが、アンジェの写真を欲しがって仕方がない。

「こちらもいいですね。この仕草もいいですね。あ、こちらは油断したお嬢様の姿が！　この写真は殿方には過激すぎるので、私の方で回収しておきますね」

「あんた、アンジェのことが好きすぎじゃないか？」

「もちろんです。お嬢様との付き合いは長いですからね。私は公爵家に仕えはじめてすぐに、お嬢様の側付きになりました。その頃のお嬢様は本当に可愛らしくて」

アンジェの可愛さについて語り始めるコーデリアさんは、普段の冷たい印象がかなり和らいでいた。

俺を相手にしているのに、嬉しそうにアンジェの幼少時代を教えてくれる。

一枚の写真を手に取る。

それは、二人が可愛らしいポーズを見せている写真だ。

「――可愛いな」

写真をポケットに大事にしまうと、コーデリアさんが俺に詰め寄ってきた。

「侯爵様、私の話を聞いていますか？」

「は、はい！」

「それでは、お嬢様のとっておきのエピソードをお話しします。あれは、あの愚物との婚約に浮かれている頃のことでした」

とりあえず、コーデリアさんにとってユリウスが愚物扱いなのは理解した。

誰かに聞かれれば不敬罪になりそうだが、今のユリウスの価値って低いからな。

アンジェにした仕打ちもあって、訂正する気にならない。

そのまま俺は、コーデリアさんにアンジェの話を夜まで聞かされた。

第11話「鎖よりも強い絆」

その日は朝からニックスが緊張していた。

ソワソワと屋敷の中を歩き回り、自室に戻ったかと思えばまた出てきて、落ち着かない様子で歩き回っていた。

そんなニックスの情けない姿に、俺は呆れていた。

「落ち着けよ。ドロテアさんが遊びに来るだけだろ」

気合の入った服装のニックスは、髪型もしっかり整えていた。

ドロテアさんが遊びに来るのを心待ちにしているのが丸分かりだ。

「お、俺は落ち着いているさ！」

「どこがだよ」

ニックスは俺に不満そうにしながらも、時々緊張を和らげるために深呼吸を繰り返す。

少し前までドロテアさんを苦手にしていたはずなのにね。

「我が兄ながら情けないな」

ヤレヤレと肩をすくめて首を横に振れば、俺の発言に納得がいかないルクシオンがいつものように嫌みを口にする。

『兄君が情けないなら、マスターはもっと情けないですね』

「馬鹿野郎。俺は逃げられなくなったら覚悟を決めただろ？　兄貴はもう結婚秒読みの段階なのに、ウジウジと悩んでいるんだぞ」

『その認識は誤りだと言いたいですね』

「どこがだよ？　昨日も俺なんかで良いのかな？　ってずっとグチグチ悩んでいたんだぞ」

『マスターが逃げられなくなったら覚悟を決める、という部分を言っているのですよ。最後の最後までウジウジと悩んでいたのがマスターです。兄君を馬鹿にする資格はありませんよ』

「そうかよ」

ふて腐れると、部屋の隅でコリンが俺を見ていた。

「コリン！」

「ひっ！」

慌てて立ち上がると、コリンが驚いて逃げてしまう。

俺は逃げ去ったコリンに手を伸ばし、今日も話が出来なかったと落ち込む。

「せめて話さえしてくれれば。ルクシオン、何とかしろ」

無茶な命令をすると、ルクシオンは拒否を示す。

『ほとんど解決済みなので嫌です』

「嫌って何だよ！　命令だぞ！」

『問題ありません。既に解決に進んでいます』

「本当だろうな？」

ルクシオンを疑っていると、屋敷の玄関が騒がしくなってきた。

どうやら、ドロテアさんたちが到着したようだ。

失恋をしてから、コリンはリオンに謝ろうと機会をうかがっていた。

だが、なかなか声をかけられなかった。

再びリオンのもとに向かうと、そこには車椅子に乗ったノエルの姿がある。

「リオン、コリンと話は出来た？」

「駄目だった」

「そうなんだ。私も話をしたいけど、今は避けられているんだよね」

二人が落ち込む姿を見て、コリンは心が痛む。

だが、仲良くしている二人を見て、まだ飲み込めない部分もあった。

幼いコリンに色々と割り切れというのも酷な話であり、今回もリオンに話しかけずにこの場を離れていく。

（せめてノエル姉ちゃんがいない場所で謝ろう）

こんな風に逃げ回っていたために、謝る機会を逃していた。

どこか落ち着ける場所に向かおうとすると、屋敷の窓からボートを出している両親の姿を見かけた。

倉庫から引っ張り出していたのは、浮かんでいるボートだ。

ボートには食べ物や飲み物が積み込まれている。

バルカスは普段よりも少しいい服を着て、リュースもおめかしをしている。

そんな二人の様子が気になり、コリンは外へと向かう。

屋敷を出て外に来ると、二人がボートに乗り込むところだった。

リュースに、バルカスが手を貸して手伝っている。

コリンが二人に声をかける。

「どこに行くの？　今日はお客さんがいるよ？」

大事なお客さんが来ると聞いていたのに、二人が屋敷を空けるのがコリンにはおかしく見えていた。

だが、バルカスもリュースも、顔を見合わせて微笑む。

「ニックスが相手をするから良いんだよ。父さんは母さんと出かけてくるから、お前はニックスの邪魔をせず大人しくしていなさい」

バルカスがそう言うと、リュースもコリンに念を押す。

「そうよ。ニックスの邪魔だけはしないでね。他のみんなと遊んでいればいいから」

よく理解できないコリンだったが、とりあえず頷くことにした。

「分かった。それより、二人はどこに出かけるの？」

バルカスが照れくさいのか頬を指でかく。

「あ〜、これはほら。領内の様子を母さんと見回ろうと思ったんだよ。小舟に乗って、その辺を回るだけだ」

小型の浮かんだ船に乗り、領内を見て回る。

大空に出て行くわけではなく、ちょっとしたお出かけのようなもの。

ただ、両親が普段よりめかし込んでいることがコリンには気になっていた。

そして、答えに辿り着く。

「もしかしてデート？」

リュースが目を細める。

「あら、この子ったら成長したわね」

バルカスの方は答えずに頭をかいている。

照れくさいのだろう。

だから、代わりにリュースが答えてくれる。

「お父さんと仲直りをしたから、一緒にお出かけをするのよ。だから、今日はコリンもお留守番をしなさい」

「こんな時に出かけて良いの？」

ローズブレイド家からドロテアが来るのに、両親が不在で良いのだろうか？

そんなコリンの疑問に、バルカスが答える。

「その方がニックスも気が楽だろうさ。コリン、ニックスの邪魔はするなよ。だが、リオンの邪魔はして良いぞ、あいつは少し困ればいいんだ」

リュースもバルカスの意見に同意する。

「本当にあの子は凄いんだか、凄くないんだか」

両親はリオンに対する評価を迷っているらしい。

ただ、コリンは二人の様子を見て安堵する。

(二人とも仲直りしたんだ)

最近の二人はどこか距離を取っていたため、子供ながらに心配していた。

元通りの関係になった二人を見て、コリンはホッとする。

「分かったよ。部屋で本でも読むよ」

バルカスがコリンの頭を少し乱暴に撫でた。

「良い子だ」

ボートに乗った二人を見送っていると、コリンはその姿が羨ましく思えた。

仲の良い夫婦。

少し前までゾラという正妻がいたが、コリンにはあまり良い思い出がない。

普段は屋敷にいなかったし、時折やって来ては文句を言ってくる。

バルカスの妻だったのに、どうしても家族とは見られなかった。

二人が見えなくなると、コリンはここであることに気付く。

「あれ？　父さん、母さんとゾラ、二人と結婚していたけど、その後はずっと一人だよな？」

ゾラがいつの間にかいなくなり、家族の誰もがその名を口にしなくなった。

子供ながらに聞いてはいけないのだろうと思っていたが、その後にバルカスが他の女性と結婚する様子がない。

コリンは違和感を覚えた。

「――あれ？」

◇

コリンが屋敷に戻ると、ジェナとフィンリーの二人が廊下を歩いていた。

二人はコリンに気付いた様子がなく、廊下で立ち止まると話し始める。

コリンは話しかけてもからかわれるか、邪険にされるだろうと考えて柱の陰に隠れて二人が立ち去るのを待つことにした。

すると、二人が愚痴をこぼし始める。

「あ〜、もう！　本当に何でうちみたいな田舎に、お嬢様連中が顔を出すのかしら？」

ジェナは心底理解できないという表情で、家にアンジェたちのようなお嬢様がいるのが不思議でならないと不満を述べていた。

フィンリーも同意見ではあるようだが、不満は抱いていなかった。

「確かに不思議だけど、おかげでお土産とか貰えるからいいじゃない」

のんきなフィンリーの発言だが、そこにはコリンも同意している。

アンジェが屋敷に滞在するようになると、食事が豪華になる。

また、レッドグレイブ公爵家からは滞在費に加えて贈り物も届き、その中には珍しいお菓子もあってコリンは嬉しかった。

アンジェがいればお菓子が貰える——その程度の認識だ。

お嬢様とは聞いているが、どれほど偉いのか正確には理解していない。

ただ、両親が揃って腰を低くしていたので、自分たちよりは偉いのだろうとは思っていた。

ジェナはフィンリーののんきな態度に、額に手を当てて呆れている。

「普通は取り巻きにでもならない限り、関われない人たちなのよ。リオンの時も驚いたけど、まさかニックスまで伯爵令嬢を連れてくるとは思わないでしょ」

「うちも一応は男爵家でしょ？」

「お馬鹿！」

「痛っ！」

自分たちも一応は貴族であり、男爵家なのだから気後れしなくても良いだろうと言うフィンリーのおでこをジェナが指で弾いた。

ジェナがフィンリーに詳しく説明するのは、ホルファート王国の実情だ。

「うちの国は、男爵家と伯爵家では天と地ほどの差があるのよ。ローズブレイド家のお城を見たでしょ？　あれが本物の貴族よ。うちは騎士家に毛が生えた程度なの」

「確かに伯爵家は凄かったけどさ〜」

不満そうなフィンリーに、ジェナは溜息を漏らす。

「あんたも学園に入学すれば、嫌でも理解することになるわよ。本物のお嬢様たちは格が違うわよ」

「そんなに？」

「着ている服は全てオーダーメイドで、お抱えの職人が沢山いるわ。専用の飛行船だって持っているのよ。付き従っているメイドさんたちは、騎士家出身者よ」

「お金持ちって凄いのね」

感心するフィンリーだが、まだ実感が薄いようだ。

話を聞いているコリンも同様で、凄いとは思っても理解が及ばない。

ジェナは理解してくれない妹を腹立たしく思うが、学園に入学する前の自分を思い出したのか、叱（しか）りはしなかった。

「今は理解できないだろうけど、王都に行けばあんたも嫌でも理解するわ。そうなったら、うちの状況がいかに不自然か気付くでしょうね」

「今でも不思議には思っているわよ。うちの冴えない兄貴たちが、揃いも揃ってお嬢様たちを連れてくるんだからね。リオンの兄貴は公爵令嬢で、ニックスの兄貴は伯爵令嬢よ。私だって信じられないし」

普段の姿を知っているフィンリーからすれば、兄たちは冴えないのだろう。

そんな冴えない兄たちに、美しいお嬢様たちが恋するのが心底理解できない二人だった。

そして話は、ニックスの相手であるドロテアに移る。

ジェナは不安なのか、腕を組むと俯いてしまう。

「ニックスの場合、家を継ぐから厄介なのよね。あいつの妻って事は、いずれこの屋敷に住むのよ。アンジェリカ様はいずれ出て行くから我慢するけど、ドロテア様がうちを仕切るようになったらと思うと――」

青い顔をして震えるジェナは、本当に恐ろしそうにしていた。

コリンは柱の陰から、普段横暴な姉が怯えている姿に怖くなる。

(ドロテア〝様〟？　ジェナ姉ちゃんがそんな風に呼ぶ人がまだいるんだ。それより、怖いジェナ姉ちゃんが怖がるって、ドロテア姉さんは凄く怖いのかな？)

怯えるジェナを見て、フィンリーもアンジェの怖い部分を話す。

「あ〜、分かる！　私もリオン兄貴に小遣いが欲しいって言ったら、凄い目で睨まれたわ。あれは怖かったな〜」

ただ、こちらは「怒られちゃった」とヘラヘラ笑っていた。

二人がリオンに行きすぎた態度を見せると、アンジェやリビアが不快感を示す。

二人からすれば、貴族ではないリビアは怖くはない。

だが、アンジェは別だ。

年上のジェナだろうと強気には出られないのは、しっかりと貴族階級が存在しているためだ。

スクールカーストよりも強力で、確かな基準があるためジェナも逆らえない。

男性が絡めば多少の融通は利くのだが、逆に女性同士ではその辺りの上下関係が非常に厳しくなっていた。

そんな面倒な状況にしたリオンに対して、ジェナは八つ当たりのように腹を立てる。

「公爵令嬢ばかりか、外国のお姫様まで連れてくるとかさ。本当にうちの男共は何なのよ？　おかげで私たちの肩身が狭いじゃない」

その意見にフィンリーも同調して、リオンに対する不満を口にした。

「そうよ。リオン兄貴の癖に女を囲って許せないわ。大体、あの兄貴に妻が三人もいるとかおかしくない？　あんな兄貴のどこが良いのかしら？　三人揃って男を見る目がないわよね」

「ないわ～。私なら絶対に許さないわ。金を持っていても、リオンなんて絶対に選ばないわ」

姉妹揃ってリオンを貶しているが、それを聞いていたコリンは自分の中で違和感が大きくなっていくのが分かった。

（――もしかして、奥さんが三人っておかしいのかな？）

◇

コリンが次に向かったのは中庭だ。

色々と考えたいこともあって、中庭にある花壇の縁に腰を下ろして足をブラブラと動かしていた。

すると、屋敷から男女が出てくる。

男の方はニックスで、女の方は客人のドロテアだった。

二人からはコリンが見えていないようだ。

ニックスはやや緊張しながら、ドロテアに大事な話を切り出す。

コリンは咄嗟に両親にニックスの邪魔をするなと言われたのを思いだして、「隠れなきゃ」と物音を立てずに身を潜める。

すると、ニックスが――。

「ドロテアさん！」

「は、はい！」

名を呼ばれて緊張してうわずった声を出すドロテアも、ニックスと同様に顔を真っ赤にしていた。

「お、俺は――貴女とここで暮らしたい――です」

恥ずかしがりながらも精一杯の気持ちを伝えるニックスに、ドロテアは少し間を空けてから大声で返事をする。

「わ、私もここで暮らしたいです！」

お互いに顔を真っ赤にしてしばらく動かない時間が過ぎて、それから可笑しくなったのか二人が一緒に笑い出した。

――告白する場面をコリンは目撃してしまった。

様子を見守っていたコリンは、ニックスの姿にうらやましさを覚えながらも心の中で祝福する。

(おめでとう、ニックス兄ちゃん)

そして、ドロテアからもニックスに気持ちを伝える。

「私はニックス様を愛しています」

「お、俺も同じです」

「そうですね。でも、私は貴方以上だと思いますよ。たとえ、何度生まれ変わろうとも貴方を見つけて恋をします。そして、何度も結ばれます。誰にも渡したりしません」

ニックスはその熱烈な台詞を聞いて、照れまくっていた。

「あはは、それは嬉しいな。あ〜、でもその」

言い淀むニックスにドロテアが首をかしげる。

ニックスは、諦めた様子である条件を出す。

「首輪のことだけど、人前でしないと約束するなら二人だけの時にしてもいいです」

ドロテアの趣味を否定せず、妥協できる条件を提示する。

すると、ドロテアは首を横に振る。

「いえ、必要ありません」

「え？」

「私とニックス様との間に、首輪や鎖は不要ですから」

「そ、そうなんだ！　あ、ごめん。喜んだんじゃなくて、そんな関係になれたら良いかと思ってね」

「もちろんです。これからはずっと――永遠（とわ）に一緒ですよ。もう絶対に離れませんからね」

「う、うん？」

ドロテアの言い回しが気になった様子のニックスだが、深くは考えずにそのまま二人は体を寄せる。

キスをしようとする二人に気が付き、顔を真っ赤にしたコリンは静かにこの場を去ることにした。

ただ、コリンは何となく思う。

(う〜ん、これが普通なのかな？　ちょっと怖い感じがする)

◇

夕食前。

コリンはニックスの部屋を訪ねていた。

ニックスは随分と疲れた様子ながらも、告白が成功して嬉しそうにしていた。

そのため、快く迎えてくれた。

「どうしたんだ？　リオンに謝るのを手伝って欲しいなら――」

「違うんだ。ニックス兄ちゃんに聞きたいことがあるんだ」

「聞きたいこと？」

「うん。あのね――ニックス兄ちゃんは、ドロテア姉ちゃんと結婚するんだよね？」

「お、おう。まぁな」

照れながらも肯定するニックスは、随分と嬉しそうにしていた。

「俺なんかが結婚相手として釣り合うのか疑問だけどな。リオンがアンジェリカさんと婚約した時は、俺には関係ない話だと笑っていたのが嘘みたいだ」

「そうなんだ。――なら、次は誰か他の人と結婚するの？」

コリンの質問を聞いて、一瞬だがニックスが眉間に皺を寄せた。

だが、すぐに子供の質問だと表情を和らげ、コリンがどうしてこんな質問をしたのかニックスなりに答えを出す。

「お前は親父を見てきたし、リオンもいるからそう思うのかな？」

「うん。父ちゃんはゾラの奥様と結婚していたし」

ゾラの名前を言い難そうにするコリンを見て、ニックスは事情を簡単に説明する。

「あいつらは家族じゃなかったのさ。親父がゾラと結婚したのは世間体のためで、本当の家族は俺たちだ。そもそも、親父一人だと領地の仕事も出来ないからな」

長く一部の女性の権力が強い時代が続いたホルファート王国だが、立場の弱い男性側は側室や愛人がいた。

この理由だが、仕事をするにはどうしてもパートナーの存在が欠かせなかったためだ。

王宮から仕事を与えられている貴族にしても、領地を持つ貴族にしても、家のことをしっかり任せられる存在がいないと仕事の効率が下がる。

更に大事な家のことを任せるならば、家族の方が安心だ。

そのために正妻とは他に女性がいた。

そうしなければ、仕事が出来ずに潰れていく家が多かった。

だから、バルカスはリュースを側室とすると、以降は女性に手を出さなかった。

バルカルの中では、リュース一人だけが妻だったからだ。

「親父も世間体はどうにもできないから結婚したけど、やっぱり結婚するならお袋一人だったと思うぞ」

コリンはニックスの気持ちを確認する。

「ニックス兄ちゃんも同じなの？」

「将来までは保証できないけど、今は他の女の人は考えられないな」

ニックスの言葉を聞いて、コリンは思ってしまう。

（結婚相手が三人もいるリオン兄ちゃんって、実はおかしいのか？）

これまであまり結婚について意識してこなかったコリンだが、初恋と失恋をきっかけに色々と考えるようになった。

そうして見えてくるのは、リオンの婚約者たちだ。

何故リオンに婚約者が三人もいるのだろうか？　と。

◇

「リオン兄ちゃん、この前はごめんなさい」

深々と頭を下げてくるコリンを前に、俺は目頭が熱くなってくる。

まさかコリンが、ノエルに恋をしているとは気付かなかった。

「俺こそ悪かったな。お前には最初から説明するべきだったんだ」

「いいよ。僕が悪いんだから」

少し前まで子供だと思っていたが、コリンは外見ばかりではなく中身も成長しているようだ。

弟の成長が嬉しくて仕方がない。

感動している俺に水を差してくるのは、いつものルクシオンだ。

『弟君は精神的に成長されましたね。これは、マスターも見習うべきではありませんか？』

「いつもなら言い返すが、コリンの前だから止めてやるよ。それに、俺も今回ばかりは色々と反省しているさ」

夕食後にコリンに謝られた俺は、これでようやく以前のような仲良し兄弟に戻れると安堵する。

俺たちの様子を見ていたノエルが、随分と嬉しそうにしていた。

「二人とも仲直りができて良かったね」

俺たちの関係に気を揉んでいたノエルは、何とも嬉しそうだった。

その様子を見守るアンジェやリビアも、安堵した様子を見せる。

「時間はかかったが、これで元通りだな」

「リオンさんも一安心ですね。新学期を前に色んな問題が片付いて、私としても安心しましたよ」

俺とコリンのことで三人にも色々と迷惑をかけた。

「せっかくの休暇なのに、三人共楽しめなかったね。ごめん」

学園祭後の春休みを、このような形で終わらせてしまったことに罪悪感が芽生える。

そもそも、アンジェとリビアが俺を心配したのがはじまりだ。

勘違いだと言っても信じてくれずに、俺としては少し不満もあった。

だが、おかげで体を休めることが出来たし、三人にはお礼を言いたい。

アンジェは俺に優しい微笑みを見せる。

「気にするな。お前の気が紛れれば十分だ」

リビアもアンジェと同じ気持ちなのか、胸に手を当てる。

「私たちも楽しみましたから気にしないでください。リオンさんとも久しぶりにゆっくり過ごすことが出来ましたからね」

ノエルは両手を広げ、嬉しさを体で表現していた。

「あたしもリハビリは順調だし、リオンの家族にも良くしてもらったからね。むしろ、申し訳ない気がしてくるわ」

その様子は俺を気遣ってくれていた。

「三人ともありがとう。――どうした、コリン？」

服を引っ張られたのでそちらを見れば、コリンが俺を見上げていた。

まだ何かあるのかと向き直れば、コリンは真剣な表情で俺に言う。

「リオン兄ちゃん」

「何だ？」

「リオン兄ちゃんは、三人のことを大事にした方がいいと思うよ。ううん、絶対に幸せにしてあげてね」

絶対にという部分の言葉が重く、俺は返事を一瞬ためらってしまう。

だが、ここで否定してもはじまらないので、頷いておくことにした。

「そ、そうだな。そのつもりだよ」

世の中に絶対などない。

だから約束は出来ないが、その気はあるというつもりの返事はコリンに頼りなく聞こえてしまったのだろう。

「もっとハッキリしてよ！　ニックス兄ちゃんは、ドロテア姉ちゃんにちゃんと告白したし、もう他の人なんて考えないって言っていたんだよ」

コリンからニックスの告白話を聞くとは思わなかった。

そもそもだ。

「嘘!?　あのヘタレなニックスが告白したのか!?」

「したよ！　ドロテア姉ちゃんなんか、何度生まれ変わってもニックス兄ちゃんと結婚するって言っていたよ！」

「え、それはちょっと重くない？」

何それ重い!?　凄く重くない!?

俺のように前世を持っている人間からすれば、死んでも追いかけてやると言っているのに等しい台詞だ。

ニックスの奴は何も思わなかったのだろうか？

「ちなみに、ドロテアさんの台詞を聞いたニックスの反応はどうだった？　ドン引きか？　それとも怖がっていたか？」

コリンが何故そんなことを聞く？　と、言いたげな視線を俺に向けてくる。

「喜んでいたよ。告白が成功したんだから当然じゃないか」

「嘘だろ!?」

俺がそんなことを言われたら、全力で逃げ出す方法を考えるぞ。

死後も追いかけるとか、怖すぎるだろ！

ちっとも心ときめく台詞ではないのに、女性陣は盛り上がっている。

「ドロテアも言うじゃないか。何度生まれ変わろうとも、か。私も何度生まれ変わっても、お前たちと出会いたいな」

「生まれ変わっても出会えるなんて凄い運命を感じますね。私も生まれ変わったら、皆さんを探しますよ」

「王国の女性って凄いことを言うのね。でも――ちょっといいかもね」

――嘘だろ？　何故こんなにも好評なんだ？

俺は背筋が冷たくなったぞ。

死のうとも来世まで追いかけるとか、マリエだけで十分だ。でも、マリエの場合は色っぽい話じゃないし、お笑い枠だからまだ許容出来るか？

考え込んでいると、コリンが話を再開する。

「リオン兄ちゃん、僕の話を聞いているの？　もっとしっかりした方がいいと思うよ。ニックス兄ちゃんを見習いなよ」

「は、はい」

まさか弟に説教される日が来るとは思わなかった。

その様子が面白いのか、ルクシオンがからかってくる。

『弟君の成長は実に頼もしいですね。皆さんはどう思われますか？』

先程まで微笑んでいた三人が、僅かばかりドロテアさんを羨んでいた。

アンジェは唇に拳を当てる。

「そうだな。ドロテアが羨ましくないと言えば嘘になるな」

リビアは頬に手を当てていた。

「ニックスさんから告白したのは意外でしたね。確かに憧れますよね」

ノエルの方は俺を心配そうに見つめていた。

「兄弟の中で一番恋愛に関してヘタレなのは、これでリオンってことになるよね」

失恋を経験し、ちゃんと謝れたコリン。

自ら告白したニックス。

その二人と比べると、俺は恋愛的な部分で劣っているそうだ。

苦し紛れに勝っている部分を探す。

「――婚約者の数なら負けないから」

ルクシオンや三人が、呆れて首を横に振る。

四人は俺のいつもの冗談と理解を示すが、コリンには通じなかったらしい。

「そういう問題じゃないからね！　大事な人が三人もいるんだから、リオン兄ちゃんは三倍頑張らないといけないんだよ！」

「あ、はい」

子供の謎理論だが、言いたいことは理解できた。

コリンからすれば、好きになった相手が、複数いる婚約者の一人というのが納得できないのだろう。

コリンが泣きそうな顔になっている。

「僕だと幸せにできないから、リオン兄ちゃんに頼むしかないんだ。本当なら僕が幸せにしたいけど無理だから――お願いだよリオン兄ちゃん、三人を幸せにしてあげてね」

グズグズと泣いている弟を前に、何と声をかけるべきだろうか？　ここはいっそ「みんな幸せにするから任せろ！」とでも言うべきだろうか？

でも、俺が言うと何か嘘っぽいな。

アタフタしている俺を見て、ルクシオンがやや楽しそうな声色で言う。

『弟君に正論を言われた気分はどうですか？』

「――何も言い返せねーよ」

◇

ローズブレイド伯爵家の城。

バルトファルト領から戻ってきたドロテアは、目に見えて浮かれていた。

その様子を見ているディアドリーは、呆れながらも嬉しそうにしている。

「まさか、向こうから告白するとは思いませんでしたわ。それで、お姉様はちゃんと自分の気持ちを伝えられましたの？　相手はドン引きしそうですけどね」

ドロテアはディアドリーに体を向けると、僅かに陰を帯びた笑みを浮かべる。

「もちろんよ。何度生まれ変わっても、その度に結ばれると言ったら快く受け入れてくれたわ。やっぱり、鎖なんて物理的な繋がりは駄目ね。全然物足りないわ。たとえ死んだとしても、来世で結ばれる魂の鎖が至高よ」

ドロテアは本気で、何度生まれ変わってもニックスを探し出して結ばれるつもりでいた。

愛の重さに妹のディアドリーも呆れ果てる。

「本気にしていないだけではありませんか？」

「それでもいいわ。逃がさないだけだもの」

微笑むドロテアを見て、ディアドリーは肩をすくめる。

「実の姉ながら、何とも愛の重い女性ですこと」

エピローグ

アインホルンが王都の港に到着した。

飛行船が行き交う港で、大きな旅行鞄を持ったフィンリーが期待に胸を膨らませている。

「ついに王都で生活だぁぁぁ！」

憧れの上京を果たしたような気分なのだろうか？

俺の時は、これからはじまる婚活に気が重かった。

「そんなに王都暮らしが楽しみだったのか？　お前も何度か来たことがあるだろ？」

アインホルンから下船した俺たちは、これから王都に降りる小型の飛行船に乗り込むところだった。

アンジェとリビアはノエルを連れて王都にある公爵家の屋敷に向かっており、この場にいるのは俺とルクシオン——そしてフィンリーの三人だ。

「ここで暮らせるっていうのがいいのよ。私はここで都会の女になるわ」

ジェナと同じことを言っているな。

「あ、そう。ちなみに、どうやって王都で暮らしていくつもりだ？」

フィンリーの将来設計を尋ねると、予想通りの回答が返ってくる。

「もちろん、王都暮らしのお金持ちと結婚するのよ。美形で背が高くて、それでしっかり財産を持っている男子を探すわ」

「理想が高くて大変結構。早く現実を直視できるように頑張れよ」

夢を見る時間があってもいい。

大事なのは、現実を知って人生設計を修正することだ。

修正するのは早い方がいい。

ただ、それを口で説明してもフィンリーは納得しないだろう。

自分だけの王子様がいると信じているからね。

時々忘れそうになるが、ここはあの乙女ゲーの世界だ。

理想の王子様や貴公子たちがいるため、可能性がゼロじゃないから質が悪い。

変に周囲が夢を見るのは、手が届くかもしれない理想がそこに存在するからだろう。

手を伸ばしたところで届きはしないが、同じ学園に通って会話が出来てしまうため夢を見てしまう。

俺も前世の学校で、アイドルが一緒のクラスだったらきっと夢を見ただろう。

もしかしたら付き合えるかもしれない、とか。

だから、夢を見るくらいの時間は許されるべきだ。

現実はいつも厳しいから、そんな時間がないとやっていられない。

俺の態度にフィンリーは頬を膨らませた。

「兄貴は本当に夢がないわね。自分が理想を実現したからって、偉そうにしないでよ」

アンジェとリビア、そしてノエルと結ばれた俺は確かに勝ち組だな。

下手に威張り散らすつもりもないが、必要以上に下手に出るつもりもない。

「運が良かっただけだ」

「今日は素直ね」

「俺は素直が取り柄の男だからな。あと、素直に言わせてもらうが、こんな俺は婚活が終わって悠々自適な学園生活だ。お前は婚活を頑張れ」

「本当に余計なことを言うわね」

プイッと顔を俺から背けるフィンリーは、そのまま周囲を興味深そうに見ている。

この時期は新入生が多く、フィンリーのように周囲を気にしている子が多い。

ただ、二年前と違うのは――港にいる亜人種たちの姿だろう。

力仕事をしている亜人の姿は見かけるが、汗水たらして働いている。

綺麗な服を着て、女子の後ろを歩いている亜人種の姿はどこにもない。

見かける亜人種の多くが、がっしりした体格で力仕事が向いていそうな連中だ。

『マスター、ご注意ください』

ルクシオンが赤いレンズを向ける方向を見れば、取り巻きを連れたいかにも貴族のお坊ちゃんという新入生がこちらに歩いてくる。

周囲を押しのけて、小型艇に乗り込もうと俺たちに近付いてくる。

お坊ちゃんの取り巻きたちだが、女子よりも男子の方が偉そうに振る舞っていた。

その姿に違和感はあったが、学園の常識が変わったのだろうと納得する。

ただ、よそ見をして集団に気付かなかったフィンリーを手で押した。

「退けよ、ブス」

突き飛ばされたわけではないが、フィンリーがその場から押されて動いてしまう。

押された際の悪口に、フィンリーは頭に血が上る。

「何するのよ！」

二年前ならあり得なかった光景だが、目の前の新入生たちは違った。

男子たちは顔を見合わせると、フィンリーを前に馬鹿にしたように笑い始める。

「おいおい、女子が男子様にそんな態度を取っていいのか？　お前はどうせ田舎者だろう？　結婚できずに学園を卒業することになっちまうぞ」

この台詞を聞いて俺が内心どう思ったか？

えぇぇぇ――ってドン引きしました。

台詞の内容は以前と変わっていない。

威張っているのが女子から男子に変わっただけだ。

取り巻きの女子たちは、肩身が狭そうに俯いていた。

田舎者呼ばわりされたフィンリーは、我慢できなかったのか大声を出して周囲の視線を集めてしまう。

「馬鹿にしないでよ！　そもそも、横入りしてきたのはそっちじゃない。列に並びなさいよ」

言われた相手側は、侮蔑した表情を俺たちに向けている。

「躾のなっていない田舎者だな。学園では覚えておけよ」

お坊ちゃんはフィンリーに顔は覚えたぞ、と言って、やって来た小型艇に乗り込もうとする。

周囲はそんなお坊ちゃんを止めなかったが——誰かが俺に気付いたらしい。

「おい、あの人って」

「三年のリオン先輩じゃないか?」

「嘘だろ!?」

「本当だって！　俺は一度見たことがあるんだよ。今年は留学から戻るって聞いているし、間違いないって」

「なら、あいつ今の話を聞かれていたよな?　え、リオン先輩を田舎者呼ばわりしたの?」

「あ〜あ、あいつ終わったな」

周囲のざわめきが大きくなっていくと、お坊ちゃんたちも異変に気付いたのだろう。

辺りを見回して不安そうにしていた。

本当なら学園でやり返すつもりだったが、目立ってしまったので仕方がない。

今回は釘を刺す程度に止めることにした。

「どうも。田舎者の兄貴で〜す。ごめんね、迷惑かけたみたいでさ」

「だ、誰だよ?」

お坊ちゃんは虚勢を崩さなかった。

まだ俺が誰か気付いていないのだろう。

「田舎者の貴族だよ。ただ、爵位は侯爵だけどな」

「侯爵？　う、嘘だ」

「本当です。王宮に確認してもいいよ」

「嘘に決まっている！　あ、謝るなら今の内だぞ」

「それは出来ないな」

こうやって地位を利用して相手を威圧するのは——正直滅茶苦茶好きだ。

だが、世の中は本当に怖い人間がどこにいるか分からない。

威張り散らしていたら、相手がとんでもない人物の可能性だってある。

本来なら相手のことを調べて、それから仕返しに入るのが俺の流儀だ。

ただ、ここで俺がスルーすると「たいしたことないじゃん！」と、勘違いをする馬鹿が出てくるのが問題だ。

良くも悪くも、目の前のお坊ちゃんみたいな世間知らずは多い。

「あのさ。迷惑だから大人しく並べよ、一年」

目を細めて見やると、お坊ちゃんは視線を俺からそらした。

小型艇に乗り込んで逃げようとするので、肩を掴んで止める。

「並べよ」

低い声を出して威圧すると、「ひっ」と声を出してすごすごと引き下がっていく。

取り巻きたちも大人しくなり、列の最後尾に並んでいた。

俺はフィンリーの背中を押して小型艇に乗り込む。

小型艇の内部だが、座席が並んで全てシートベルトが用意されていた。

俺の隣に座ったフィンリーが、先程のお坊ちゃんに対する不満を口にする。

「何なのよ。女子に対して失礼すぎるでしょ」

「そうだな」

「それに、兄貴も兄貴よ。なんでさっさと名乗り出なかったのよ？」

「面倒事って嫌いなんだよね」

そう言うと、俺たちの側にいたルクシオンが嘘だと言う。

『後で仕返しをするつもりでしたよね？　本当にやり方が汚いマスターです』

フィンリーが先程のことも忘れて、俺から少しでも距離を取ろうとする。

「そっちの方が酷くない？」

失礼な奴だな。

仕返しと言っても、あいつの実家を調べ上げて実力差を確認してから後日「あの時はお世話になりました」と話しかけてやるだけだ。

学園に来れば、周囲から俺が誰だか聞けるだろう。

そうなれば、仕返しは成功したようなものだったのに。

「学園で再会した時にネチネチ言い返すだけだよ」

「何か小っちゃい」

「その程度で許せる度量があると言え。それにしても――」

小型艇の中を見れば、俺の新入生の頃とは違って男女の関係に変化が起きていた。

二年前なら、先程のお坊ちゃんみたいな奴はいなかっただろう。

――立場が逆転しただけというのは、何だか悲しい気持ちになるな。

男も女も変わらないってことだからな。

「また部屋が広くなっている」

学生寮にやって来た俺は、新しい自室を見て溜息を吐く。

学生が使用するには広すぎる室内。

俺としてはもっと狭い方が落ち着くのだが、現役の侯爵だから特別な部屋に案内された。

本来ならユリウスたちが使用するような部屋である。

広い部屋に少ない荷物を置いて椅子に座れば、ルクシオンが部屋のチェックを行っていた。

『怪しい所はありませんね』

「警戒しすぎじゃないか？」

『マスターはもっと危機感を持つべきです。それよりも、マリエたちがそろそろ合流しようとするはずですよ』

俺が戻ってきていることは、クレアーレを通じて知っているはずだ。

だから、そろそろ尋ねてくる頃だろう。

「お茶菓子でも用意してやるか」

椅子から立ち上がり、お土産として購入したお菓子などを開封してテーブルの上に並べていく。

ルクシオンは俺の周りをグルグルと旋回している。

「何か言いたいことでもあるのか？」

『いえ、随分と楽しそうにしていると思っただけです。マリエに会えるのがそんなに嬉しいのですか？』

「ば～か。情報収集ご苦労さん、って意味合いだよ。あいつは餌があると頑張るからな」

『前世の妹のことは知り尽くしているのですね。流石はシスコンです』

「おい？」

『違うのですか？　アンジェリカとオリヴィアに兄扱いをされて、デレデレしていたのはマスターですよ。まさか、感涙(かんるい)とは私も予想していませんでしたけどね』

「お前は何も理解していないな。妹と血の繋がらない妹には、天と地ほどの差があるんだよ。あの二人は至高！　マリエは違うだろ」

そう言うと、ルクシオンは今の矛盾点を突いてくる。

『おや？　現在のマスターはマリエと血の繋がりはありませんよ。今の説明からすると、マリエも至高の妹というカテゴリーに入りますが？』

「あいつは魂の妹だから絶対に違う！」

『――魂の妹ですか。余計に特別なカテゴリーに分類されたように思えますが？』

「あ～、特別だよ。特別腹立たしいって意味でな」

『そんなマリエのために、わざわざお茶菓子を用意しているのも不思議な話です』

「餌だって言っただろ。馬だって目の前にニンジンを吊せば頑張るんだよ」

今回は頑張ったとルクシオンも言っているし、それなら多少は優遇してやるさ。

そうすれば、頑張ればお菓子が食べられると今のマリエは張り切るだろう。

――何でだろう？　前世ではブランド物とか高価な物でしか釣れなかったマリエが、今はお菓子で満足している姿が少し可哀想になってくる。

五馬鹿の面倒を見るようになって、あいつらを養う大変さもちょっとだけ理解できた。

「――まぁ、アレだ。ちょっとだけ優しくしてもいいかとは思えるようになったな」

『ツンデレですか？　似合いませんよ』

「お前は毎回茶々を入れないと喋れないの？　問題があるんじゃないか？　一度、クレアーレに診断してもらえよ」

『私はクレアーレよりも優秀ですよ』

自分が優秀だと信じて疑わない人工知能が、何とも腹立たしい。

融通の利くクレアーレの方が、クレバーで俺としては優秀に見えるけどな。

ルクシオンとくだらない話をしていると、ドアが弱々しくノックされる。

「は～い。何だ、マリエかよ。さっさと入れ。今お茶を用意してやるから」

ドアの前に立っていたのはマリエだった。

だが、様子がおかしい。

俯いて冷や汗をかいているマリエは、俺と目を合わせようとしなかった。

「――おい、何をした？」

「あ、兄貴、あ、あのね」

マリエのこの態度だが、前世で覚えがある。

それは、マリエが何か大失敗をやらかした際の態度だった。

震えるマリエの顔を両手で挟み込む。

頬が狭まり、無理矢理口をすぼめる形になったマリエは涙目になっていた。

「何をした！　言え！」

マリエの様子から、何か取り返しのつかない事をしたのではないか？　そんな嫌な予感がして仕方がなかった。

ルクシオンが赤いレンズで周囲を確認する。

『マスター、クレアーレの姿がどこにも見当たりません。ステルス機能で隠れていると予想します』

更に嫌な予感が強くなる。

俺はマリエに笑顔で事情を聞く。

「マリエ、全て包み隠さず話せ」

「お、怒らないって約束する？」

「内容次第だ」

マリエがこのような約束を求めてくるのは、問題がかなり大きくなった時だ。

俺が怒ると理解しているから、怒らないと言わせたいのだろう。

この時点で俺は笑みが消えて、多分無表情になっていたと思う。

マリエは諦めて話そうとしたので、両手を放してやった。

すると、マリエが青い顔で信じられない話をする。

「――攻略対象の一人を女の子にしちゃった」

「は？」

一瞬、何を言われているのか頭が理解を拒否した。

攻略対象って男だよな？　それが女の子になった？

え、ちょっと待って。

何で女子になるの？　というか、なれるものなの？

「マリエ、一つずつ確認するぞ」

「はい」

「まず、その攻略対象は男だったんだよな？　最初から性別が変わっていたとか、そんな話じゃないよな？」

本来男に生まれるはずが、女の子として生まれていたという可能性を考えた。

マリエは首を横に振る。

「なら次だ。女の子になったと言ったが、どの程度だ？　女装とか、色々とあるだろ？」

マリエは冷や汗が止まらない中、目を泳がせて言う。

「か、完璧な女の子にしちゃった」

「――そのしちゃったは、お前が関わっているって意味でいいんだよな？」

マリエの両肩を掴む手に力が入る。

痛がりながらもマリエは、詳しい話をする。

「クレアーレが実験していた男子が、攻略対象の一人だったの！　ゲームだと一個上の上級生キャラで、去年に入学していたのよ！」

「何で先に教えないんだよ！　というか、実験って何だ!?　観察じゃなくて、本当の実験かよ！」

「思い出したのが最近だったのよ！　わ、私だって、クレアーレがそこまでするとは思わなかったの！」

去年の内に入学していた攻略対象の一人が、クレアーレの実験により女の子になってしまったことに驚いた。

「何してんだよ。すぐに戻すぞ。そいつの居場所を教えろ」

「無理」

「あん？」

拒否するマリエを睨み付けるが、答えは変わらなかった。

「だって――その子、自分から女の子になりたいって言ったのよ」

「嘘だよな？　え？　攻略対象の男子じゃなかったのかよ？」

「――本当の自分に気が付いたって。クレアーレが性転換させたら、本人が泣いて喜んじゃったのよ。何度も私たちにありがとう、って言うのよ。これで新しい人生を歩めるって。今更戻したいとか言えない」

両手で顔を覆うマリエは、今更男に戻せないと泣いていた。

「それでもシナリオ通りにするんだよ！」

混乱してどうにか元に戻そうとする俺に、ルクシオンは難しいと判断したようだ。

強引に性別を戻すのを止めてくる。

『それはお勧めできません』

「何でだよ？」

『本人が望んで性別の変更をしています。詳しい情報を知らないため判断できませんが、無理に戻せば本人が抵抗するはずです。また、精神的に女性だった場合、好みが男性である可能性もあります。無理に戻したところで、失敗する可能性が高いです』

ルクシオンが言いたいのは、強引に性別を戻したところで主人公と結ばれる可能性の低さだ。

「――お、女の子同士のパターンもあるか？」

苦し紛れに、女の子になっても攻略対象でいてくれればと期待する。

しかし、マリエを見れば、震えながらルクシオンの考えが正しいことを証明する。

「本人は男らしい男性と付き合いたいと、嬉しそうに夢を語っていました」

「どうするんだよ」

俺もマリエも、その場に両手両膝をつく。

こうなると分かっていたら、マリエたちには任せなかった。

「俺とルクシオンの方が適任だったな」

『それはどうでしょうか？　兄君のお見合いの件がありますからね。マスターだったら、もっと大変なことになっていたのではないでしょうか？』

マリエが顔を上げてルクシオンに、お見合いの詳しい説明を求める。

「え？　お見合いって何をしたの？」

『マスターの兄君と、ローズブレイド家のドロテアがお見合いを行いました。兄君は乗り気ではなく、失敗を望んでいました。ですが、何もしなければ失敗するはずだったお見合いに手を貸し、マスターが成功に導きました。しかも、成功確率はかなり低かったお見合いですよ』

マリエが頬を引きつらせて俺を見ている。

「何してんの、兄貴？」

「お前にだけは言われたくない。それより、クレアーレはどこだ？」

「あいつは真っ先に逃げたわよ。失敗の原因の九割九分九厘くらいはあいつだからね」

◇

学園の校舎内を俺はショットガンを持って歩いていた。

「クレアーレはどこだぁぁぁ!!」

目を血走らせて隅々まで捜索する。

クレアーレは姿を隠しただけに留まらず、ダミーを配置して俺たちの捜索を攪乱(かくらん)していた。

ルクシオンがダミーを掴まされる度に苛立っていく。

『マスターこちらです！』

何度か在校生や新入生とすれ違ったが、俺の姿を見て声をかけてくる生徒はいなかった。

教師たちも俺だと気付くと視線を合わせなかった。

ただ、今はそんなことを気にしている余裕が少しもない。

階段の下に作られた用具入れのドアにルクシオンが向かい、赤い一つ目を頷かせた。

「クレアーレはここか？」

『間違いありません』

ドアを開けると部屋は暗く埃っぽい。

入り口から差し込む光で、舞い上がった埃がキラキラと光って見えた。

その中で不自然な場所を見つけると、ルクシオンがレーザーを照射して周囲の景色に光学迷彩で溶け込んでいたクレアーレを見つける。

『隠れても無駄ですよ、クレアーレ』

『ひっ!?』

ショットガンの中には非殺傷のゴム弾を装填している。

ポンプアクションでいつでも撃てるようにした俺は、クレアーレに問う。

「お前には期待していたのに残念だよ」

『話を聞いて、マスター！　私は知らなかったの。あの子が攻略対象だって知らなかったのよ！』

「うるせーよ！　知らなかったら性転換していいってか？　世の中には限度ってものがあるだろうが！　お前に倫理観はプログラムされていないらしいな」

実験のために性転換させるとか、俺はクレアーレを甘く見ていた。

こいつも危険な旧人類側の人工知能だと忘れていた。

クレアーレだが、俺の前で本性を現す。

『倫理観が適用されるのは旧人類だけ。新人類には適用されないわ！』

「ほう、それは俺も適用されないと？」

『ち、違うの！　マスターとマリエちゃんは別枠なの！　ルクシオン、見ていないで助けなさいよ』

クレアーレがルクシオンに助けを求めるが、ダミーを何度も掴まされて苛立っているため塩対応だ。

『クレアーレ、あなたにはガッカリしました。マスターの命令を遂行できなかった事実に変わりはありません』

『な、何よ。一人くらいどうなっても良いじゃない。まだ代わりはいるじゃない』

確かに攻略対象の男子はまだ存在するが、可能性が一人分減ったとなれば話が変わってくる。

もしかしたら、何もしなければその攻略対象が主人公と結ばれた可能性だってある。

「お前のせいで可能性が一つ消えた。しかも、反省せずに逃げ回るお前の態度が気に入らない」

『まったくです』

俺とルクシオンが態度を変えないと察したのか、クレアーレはブツブツと呟く。

『発展のために犠牲は付きものよ。そうやって人類は進歩してきたの。私は新人類を実験対象にしただけで、悪くないわ。そもそも、たまたま実験した中に攻略対象がいただけじゃない！　私は無実よ！』

阿呆か。

実験と称して性転換をやる奴が、無実なわけがない。

確かにホルファート王国に勝手に性転換するな、という法律はない。

そもそも、こんな事態を想定していない。

しかし、ものには限度がある。

「クレアーレ、最後に言いたいことはあるか？」

銃口を向けると、クレアーレは観念したのか最後に叫んだ。

『新人類なんて滅べば良いのよ！』

俺は迷わず引き金を引いたね。

ゴム弾に弾かれて倉庫内をピンボールのように飛び跳ねるクレアーレは、最後に俺の足下に転がってきた。

『ひ、酷い。マスターの鬼』
「実験でそこまでするお前ほどじゃねーよ」
『クレアーレは反省しなさい』
こうしてクレアーレを成敗した俺とルクシオンだが、大きな問題は残ったままだ。
まさか、攻略対象の男子が女の子になるとは俺も予想していなかった。
あの乙女ゲーの三作目って、これからどうなるのだろうか？

番外編1「ドロテア奥様」

リオンたちが学園に向かった頃。

バルトファルト家が所有する港には、ローズブレイド家の飛行船団がやって来た。

伯爵家の武威や財力を示すように、軍艦と輸送船がそれぞれ複数。

港には何事かと大勢の人々が集まっている。

その様子を眺めているのは、休憩中で木箱の上に座っている若者と中年の男性だ。

二人は普段から港で働いている。

ローズブレイド家の飛行船団を見るために、大勢の野次馬が集まって仕事の邪魔になっているのを忌々しく眺めていた。

ただ、やはり二人も気になるのか、若者が飛行船の話をベテランに振る。

「あの家紋、前に見たことがありますね。あんな数で港に来るなんて、何か問題でも起きたんですかね？」

若者はローズブレイド家の軍艦が港に入ってきたために、少し怯えていた。

貴族同士の争いでも始まるのではないか？　そんなことを想像したのだろう。

ただ、少しばかり事情を知るベテランは、戦争にはならないと言って若者を安心させる。

「争いにはならないだろ。少し前にニックス様が港に来て、出迎えの準備をするとか言っていたからな」

「そうなんですか？　俺はてっきり、またあの人がやらかしたとばかり」

あの人とはリオンのことだ。

バルトファルト領では、良くも悪くも目立っているため噂になりやすい。

港にいれば余所から人が来るため、噂話も自然と耳にする。

その噂話の中によく登場するのがリオンだ。

ベテランが溜息を吐きながら、リオンについて語る。

「リオン坊ちゃんか。今は侯爵様におなりになられたそうだぜ」

冗談交じりに恭しい言葉遣いをすると、若者がそれを似合わないと笑う。

「それにしても、侯爵様っていうのは、簡単になれるものなんでしょうか？」

「リオン坊ちゃんは活躍しているからな。まさか出世するとは思わなかったけどよ」

「そうですか？　俺はよく知りませんけど、国の英雄ですよね？」

若者が港で働き始めたのは、つい最近のことだった。

そのため、リオンのことは遠目に数回見かけただけである。

その時のことを思いだし、若者が羨ましそうにする。

「綺麗な女性を二人連れていましたよね。俺も貴族に生まれたかったですよ」

それを聞いたベテランが驚いた顔を見せて、すぐに若者の間違いを指摘する。

「お前は本当に何も知らないな。貴族様は女性の方が強くて大変だって、誰でも知っている話だぞ」

「え、そうなんですか？　でも、あれだけ綺麗なら我慢できるかも」

「若い奴は夢があっていいね。——すぐに現実を知ることになるだろうけどな」

領民たちもリオンたちの暮らしを詳しくは知らず、人伝に聞いた話がほとんどだ。

それでもバルカスの様子や、これまで見かけたゾラの態度から貴族の結婚は大変なのだろうと予想はできる。

いつの間にかゾラも来なくなり、正式に離縁されたという噂も広がっていた。

王国では改革が進んでいるという話も聞こえては来るが、領民たちの認識はまだ大きくは変わっていない。

二人が話をしていると、ローズブレイド家を迎え入れるためにやってきたニックスの姿が見えた。

若者がその様子を見て感想を漏らす。

「何て言うか、地味っすね」

「お前は怖いもの知らずか？　本人の前では絶対に言うなよ」

若者がニックスを地味と言い切り、ベテランは引きつった顔をする。

バルトファルト家は領主が領民を虐げはしないが、それでも無礼を許すほど緩くもない。

若者からすれば、領主はニックスではない方がいいらしい。

「俺はリオン様に領主をやって欲しいですよ。あの人の下にいれば、俺も戦争で活躍して出世できると思うんですよ。男爵は難しくても、騎士爵とか準男爵なら可能性があると思いませんか？」

夢を見る若者に、ベテランは肩をすくめた。

「俺はニックス坊ちゃんの方がいいけどな。あの人はしっかりしているし、派手なリオン坊ちゃんより手堅いぞ」

「もっと戦争をしてくれる領主様の方がいいですよ。そうすれば、俺だって出世して美人な嫁が沢山手に入る」

リオンのように出世して、美しい女性を伴侶にしたいと思う若者の気持ちにベテランも理解を示す。

だが、賛成はしなかった。

「若い奴はそれくらい夢のある方がいいのかもしれないな。だが、俺は絶対に嫌だね。適度に働いて、夜は酒場で飲めれば十分だね。わざわざ生きるか死ぬかの戦場になんか出てたまるかよ」

ベテランに夢を馬鹿にされたと思い、若者がムッとした表情になる。

「俺は地味な生き方なんて嫌ですね。ニックス様は地味過ぎて未来がないです」

「平和の方が楽でいいけどな」

「コツコツ働くなんて嫌ですよ。俺もリオン様みたいに、王様に認められるような派手な活躍がしたいんです。そうすれば、こんな田舎におさらばできる」

「言うじゃないか。——降りてきたな」

将来性がないと若者が言い切ると、ベテランが飛行船から降りてくる女性に気が付く。

指をさして若者の視線を誘導してやれば、そこには貴族と思われる女性がいた。

絵に描いたような貴族のお嬢様を見て、若者が顔を赤くする。

日に焼けていない白い肌に、太陽に照らされ輝く金髪。

サラサラした髪が風に揺れ、涼しげな表情からは冷たさを感じる。

若者の好みにピッタリだった。

「凄く綺麗な人ですね」

「あの人は前に見たな」

「え、いつですか!?」

「お前が休みの日だよ」

若者が悔しがっていると、その女性は誰かを発見してそれまでの涼しげな表情を消し去り、満面の笑みを浮かべる。

駆け出して飛びついたのは、出迎えに現れたニックスだ。

若者はその二人の姿を見て、口を大きく開けて唖然とする。

ベテランは若者の反応を面白そうに眺めながら、女性が誰かを説明してやる。

「ローズブレイド家のお嬢様で、将来はニックス坊ちゃんの奥方様だ。聞いた話だが、向こうの方から惚れたそうだぞ」

先程まで地味なのは嫌だと言っていた若者が、好みの女性がニックスに抱きつく姿を見て酷く落ち込む。

「俺の恋が終わった」

「そもそもはじまってないだろ」

ベテランが何を言っても、若者は項垂れて反応を示さなかった。

◇

ニックスが港に出迎えに向かっている頃。

屋敷ではジェナがメイド服を着ていた。

本人は不満なのか苛立った顔をしており、嫌々ながら仕事をしている。

口から出るのは愚痴ばかりだ。

「何で私がこんな目に遭わないといけないのよ。本当だったら、フィンリーの付き添いで王都に行くはずだったのに」

フィンリーに王都を案内するという口実で、自分も一緒に出かけるつもりだった。

しかし、それをリュースが許さなかった。

リュースは腰に手を当てて、不満そうなジェナを叱る。

「いつまで学園の生徒気分でいるの！　これからは家でしっかり働いてもらいますからね。もう大人なんだから、遊んでいられると思わないの。それが嫌なら、さっさとお相手を見つけてきなさい」

「田舎にいたら見つからないでしょ！」

「うちにも若い子は沢山います！」

「みんな田舎の男で貧乏じゃない。私は絶対に嫌よ」

学園を卒業したジェナは、これからの予定がほとんどなかった。

在学中に相手を見つけられず、実家に戻ってきたのはいい。

だが、バルカスやリュースが紹介する男性との見合いを断り続けていた。

理由は、学園の男子達を見てきたために、目が肥えてしまっていたからだ。

どうしても田舎の男性が自分と釣り合うとは思えなかった。

リュースは溜息を吐く。

「いつまでも夢を見ていないで現実を見なさい。アンジェリカ様やオリヴィアちゃんも言っていたでしょう？　今の王国では貴族の男性の方が少ないから厳しいって」

「そ、それは聞いたけどさ」

ホルファート王国だが、モンスターとの戦闘や人間同士の戦争により男性の数が少なくなっていた。

貴族階級にいる男性は特に顕著で、騎士になれば戦場からは逃げられない。

一般人ならば兵士にならない限り、巻き込まれなければ死ぬことはない。

これはどうしても戦争では飛行船を主力とし、運用できる兵士の数に限りがあるためだ。

無理矢理人を集めて兵士にしても、日頃から訓練しなければ使い物にならない。

そのため、ホルファート王国では逃げられない騎士や貴族階級の男性の死亡率がとても高くなっていた。

女性の方が多いため、どうしても男性が選ぶ立場になってしまっている。

少し前の状況と逆転していたが、ジェナはそれを知識としては知っていても実感はしていなかった。

「リオンだけじゃなくて、ニックスだって伯爵令嬢を捕まえたのよ。私にだってその運があると思わない？」

むしろ、兄や弟が高嶺の花を手にしている状況を見て、自分も――と夢を見ている。

リュースはそんなジェナに冷たく言い放つ。

「その運があれば、学園にいる間に結婚できたでしょうに」

「母さんそれを言うの！」

言われたくなかった台詞に、ジェナは声が大きくなった。

身振り手振りも大きくなり、不満をぶちまける。

「私だって被害者なのよ！　リオンが暴れるせいで、学園では肩身の狭い思いをしたのよ。おかげでチャンスを逃したし」

王太子だった頃のユリウスに喧嘩を売る。

敵対派閥の罠で牢屋に入れられる。

他にも様々な出来事があり、ジェナとしても言いたいことは沢山あった。

だが、リュースはそれを聞いても同情はしない。

「そのリオンに専属使用人を用意してもらったじゃないの。――裏切ったけどね」

「ミオルのことは言わないで！　あ、あれは、リオンにも責任が――」

ミオルとは、以前にジェナが雇っていた専属使用人だ。

ジェナ好みの美形の男性亜人種だったのだが、リオンを裏切ってしまったためにバルカスに首をはねられてしまった。

リュースにとっても息子を裏切った憎い相手であるため、未練を見せるジェナに厳しい態度になる。

「裏切り者を庇ったらこの家から追い出すわよ」

「か、庇わないから怒らないでよ」

落ち込むジェナに、リュースはリオンが実家にしてきたことを話す。

「あのね、ジェナ。リオンは冒険者として成功してから、実家に投資をしてくれたのよ。あんたのお小遣いが増えたのも、そのおかげだって理解しているの？」

「そ、それは聞いたけど」

学園入学前のことだ。

ルクシオンを得たリオンは、実家であるバルトファルト家に投資をしていた。

資金だけを渡せば、その頃はまだ正妻だったゾラに奪われるため投資という形を取っていたのだ。

そのおかげで領内の道や港が整備され、活気が生まれた。

リオンのおかげでバルトファルト家の財政は安定したと言える。

リュースがジェナを淡々と言葉で責める。

「あの子はもう独立して立派にやっているのに、姉の貴女がそんなことでいいの？　別にリオンみたいな結果は求めていないのよ。でも、独り立ちして立派に生きて欲しいって親心は理解できるわよね？」

そう言われてジェナが視線をそらした。

（あの愚弟がここまで出世するとか思わないわよ！　一発当てた運のいい奴、って思っていたのにさ）

幸運にもロストアイテムを発見して成功した一発屋。

それがジェナのリオンに対する評価だった。

だが、気が付けば次々に活躍し、今では英雄扱いだ。

普段の姿を知っているジェナからすれば、信じられない話だ。

（このままリオンを話題にするのは駄目か）

言ってしまえば、リュースの中でリオンは独り立ちした孝行息子である。

対して、ジェナは実家暮らしで独り立ちする気配がない。

ジェナは分が悪いと思い、今度はニックスの話題を出す。

「そうだ、ニックスよ！　ニックスだって結婚は卒業後じゃない！」

「お兄ちゃんを呼び捨てにしない！　それに、ニックスにはもうお相手がいるじゃない」

「卒業して間もない頃は、お見合い相手すらいなかったわよね？　私ばかり急かすのは間違いじゃない？」

「そ、それはそうだけど」

ジェナは思う。

（よし、ニックスの話題で何とか時間を稼げそう。後は、チャンスをもらって一年くらい王都で暮らせれば、その時にでも相手を見つけるわ）

リュースを言いくるめようとするジェナだったが、そこで邪魔が入る。

声をかけてきたのはユメリアだ。

「あの～」

のんきな声で話しかけてくるユメリアを、ジェナは睨み付ける。

「今は忙しいからあっちに行って。仕事は他の人に任せればいいから」

(ちょっとは空気を読みなさいよ！　今は母さんを説得するチャンスなんだから)

すぐに説得を再開しようとするが、ユメリアは引かなかった。

「でも～」

「何なのよ!?　あのね、今は忙しいから――え？」

ジェナがユメリアの方を見ると、その後ろに控えている人物が視界に入り固まる。

リュースの方も驚きすぎて声も出ていない。

そこにいた数名の中には、バルカスの姿もあった。

「お前らは何をしているんだ？　今日は大事な日だと教えていただろう」

怒るというよりも、呆れて情けないという顔をしていた。

一緒にいたニックスは、ジェナの方を見ている。

「声が玄関まで聞こえていたぞ」

ジェナにも、自分たちの話を聞かれて恥ずかしいという気持ちはある。

だが、それ以上に聞かれた相手が問題だ。

「あらあら」

二人が連れてきたのはドロテアだった。

玄関で出迎えなかったことに、リュースは慌てて謝罪を述べる。

「た、大変失礼致しました！」

しかし、ドロテアは優しく応対する。

「予定よりも早く到着してしまいましたから、問題ありませんわ」

リュースにとっては義理の娘だが、その立場はドロテアの方が上だ。

何しろ相手は伯爵令嬢だ。

田舎の騎士家出身のリュースからすれば、雲の上のお嬢様である。

義理の娘になるアンジェもいるが、リュースからすればどちらもお姫様だ。

それはジェナも同じだった。

「し、失礼しました」

お辞儀をするジェナだったが、ドロテアが歩み寄って顔を近付けてくる。

耳元で囁かれる声色は、同性ながらに色っぽく聞こえた。

だが、その内容は声色などに関係なく冷たかった。

「いけないわ――実の兄を呼び捨てにするなんて、妻として許せませんね。私の夫を軽んじるのは、たとえ家族であろうと容赦はしませんよ」

「ひっ！」

一歩後ろに下がると、ドロテアが微笑んでいた。

周囲は何を言われたのか聞こえなかったようで、ジェナの態度を見て何事か？　という顔をしている。

しかし、ドロテアはニコニコしながら言う。

「これからは義理とは言え姉妹ですから、仲良くしましょうね」

その笑みに、ジェナは引きつった笑みで答える。

「そ、そうですね」

ただ、内心は冷や汗ものだ。

(何なのよ、この女！)

相手が伯爵令嬢であるため逆らえないが、ジェナはドロテアの挑発的な態度に腹を立てる。

(ふん！　あんたみたいな都会の女が、この田舎で暮らしていけるわけがないわ。どうせ逃げるに決まってる)

◇

翌日。

ドロテアがバルトファルト家に来た理由は、結婚前ながら同棲するためだ。

これは本人の強い希望もあったが、噂では縁を結んだことを国内に示すためらしい。

ジェナも理由は知らないが、バルトファルト家がそれだけ注目されているようだ。

（リオンが暴れ回るから、実家まで目を付けられたのかしら？　普通の田舎なのに、みんな何を勘違いしているんだか）

リオンは凄くても、実家であるバルトファルト家は違う。

以前よりは裕福にはなったが、それでも田舎には変わりない。

メイド服姿のジェナは、こんな田舎で暮らせばドロテアがすぐに音を上げるだろうと思ってその様子を見ることにした。

（さて、お嬢様に田舎暮らしが出来るかしら？　どうせ出来ないだろうけど）

アンジェもバルトファルト家で生活をしていたが、その時はルクシオンが生活に困らないようにしていた。

だが、今はリオンに付き添って屋敷にルクシオンがいない。

こんな状態ならば、きっと音を上げるだろうとジェナは考えていた。

ドロテアは動きやすい格好に着替えると、屋敷の外へと出て行く。

（外に向かうのかしら？　あそこは訓練場よね？）

ジェナもコソコソ隠れてついていくと、ユメリアに声をかけられる。

「あの～、お仕事があるんですけど」

「静かに！　あんたも来なさい」

「へ!?」

ジェナは自分の監視役であるユメリアを引っ張り、一緒に外に出た。

そこには男連中が集まっていた。

バルカスやニックス、それにコリンの他にも男たちがいた。

「朝から何をやっているのかしら？」

ジェナがそう言うと、ユメリアが横から教えてくれる。

「え、知らないんですか？　時々、こうやって訓練をしているんですよ。騎士様たちも参加する訓練日です」

「騎士？　あ〜、うちの騎士ね。どいつも騎士らしくないのよね」

ジェナが男たちを見るが、全員がむさくるしい。

若い男も田舎の男という感じがして、騎士らしく見えないというのがジェナの感想だ。

そんな中に、ドロテアも参加している。

「あの女、こんなところで点数稼ぎをするつもり？　嫌よね〜。女は家のことをしていればいいのよ。大事なのは戦う力じゃないのに、無駄に出しゃばってさ」

ジェナがそう言うと、ユメリアが空気を読まずに正論を話す。

「え、でもジェナ様は家のことをしていませんよね？」

「――け、結婚したらするわよ」

「普段出来ないことは、結婚してからも出来ませんよ。私もミスには気を付けるんですけど、今でも何度もしちゃいますし」

この前もバケツをひっくり返して〜などと説明するユメリアに、ジェナは冷たい目を向ける。

（え、何？　この子、天然のふりをして私に説教？）

ユメリアが実は理解して天然キャラを演じているのではないのか？　そんな風に考えていると、訓練場から銃声が聞こえる。

すぐに顔をそちらに向ければ、ドロテアがライフルを構えていた。

慣れた動きで薬莢を排出し、次の弾を撃てば的の中央に当てている。

周囲からは「お～」と感心した声とパラパラと拍手が起きていた。

「嘘でしょ」

銃の腕前にジェナが驚いていると、ユメリアが音を立てないように拍手をする。

「凄いですね。ほとんど真ん中に命中していますよ」

二人から見てもドロテアの腕前はかなりの物に見えた。

訓練場にいた男たちが、撃ち終えたドロテアの周りに集まる。

ニックスが感心した様子で話しかける。

「凄い腕前ですね。日頃から扱っているんですか？」

「嗜む程度ですよ。これでも実家は冒険者から成り上がった経緯がありますから、基礎教育は受けています」

「え？　男女関係なく？」

「もちろんですわ。ただ、学園でモンスターとは戦いましたが、実際に人との戦闘に巻き込まれた際には何もできませんでした。だから、嗜みですわ」

「いや、ここまで出来れば十分だと思うんですけど」

周囲が感心していると、バルカスが何か考え込んでいた。

そして、訓練に参加していたコリンがドロテアに話しかける。

「ドロテアお姉ちゃん凄い！　アンジェリカお姉ちゃんも色々できたけど、銃はドロテアお姉ちゃんが一番だ」

「うん！」

馴れ馴れしいコリンの態度に、周囲が一瞬ドキリとするがドロテアは優しく対応する。

「嬉しいことを言ってくれるわね。コリンだったわね？」

「後でお菓子を焼いてあげる。一緒にお茶をしましょう」

「いいの！　やったー！」

ドロテアの姿に周囲も安堵する。

貴族の女性と言えばゾラのイメージが強いのか、少しばかり警戒していたようだ。

騎士たちが少し離れた場所で、ドロテア達に聞こえないように話をする。

「いや～、ニックス様もいい奥方に巡り会えたな」

「ゾラ様みたいな人が来たらどうしようかと思っていたが、とりあえず安心か？」

「焼き菓子を作るって言っていたよな？　銃も扱えて、料理も出来るのか？　本物のお嬢様達は違うね」

彼らもアンジェのことは知っているが、ごく一部の例外という認識だったようだ。

それが、ドロテアの出現で「本物のお嬢様は違うな！」という認識に変わりつつある。

その話を聞いていたジェナは、負け惜しみのような台詞を口にする。

「べ、別に銃が扱えたからって意味ないし。戦争になんか出ないし。それに、お菓子くらい買えばいいし」

ユメリアは笑顔で――。

「ジェナお嬢様は両方できませんからね」

――心に突き刺さる台詞を言った。

◇

「もう諦めましょうよ」

「嫌よ！　あいつが泣く姿を見るまで、絶対に諦めないんだから！」

場所は変わって調理場に来た二人は、ドロテアが焼き菓子を作っている姿を監視していた。

周囲にはローズブレイド家から派遣されたメイドたちの姿もあるが、ドロテアは一人でお菓子を作っている。

近くにはリュースの姿もあった。

「随分と手慣れていますね」

「趣味程度ですわ、お義母様。本物の職人には敵いませんよ」

「それでも凄いわよ。私が作れるのは田舎のお菓子くらいだから、羨ましいわ」

「それでしたら、いくつか教えられますわ。一緒に作ってみませんか？」

「迷惑じゃないかしら？」

「とんでもない。お義母様と料理が出来て嬉しいですわ」

「な、なら、お願いします」

「かしこまらないでください。まだ正式に結婚はしていませんが、私はもう家族だと思っていますから」

リュースがその言葉に、感動して泣きそうになっていた。

「実は娘とこんな風に一緒に料理がしたかったんです。それなのに、うちの子たちは調理場に近付きもしなくて。まさか、お嬢様みたいな人がお義母さんと呼んでくれるだけでなく、一緒に料理をしてくれるとは思いませんでした」

「そうだったのですか？　なら、これで一つ夢が叶いましたね」

ドロテアがリュースを慰め、一緒に菓子作りを始める。

その姿を見ていたジェナだが、流石に母に悪い気がして胸が痛んだ。

物陰に隠れながら、ボソボソと言い訳をする。

「言ってくれれば手伝いくらいしたわよ」

側にいたユメリアは、ジェナに真剣な眼差しを向けていた。

「ジェナお嬢様、リュース様と一緒に料理をしてくださいね。出来れば言われる前にした方がいいと思いますよ」

「い、言われなくても分かっているわよ」

二人が話をしている間に、ドロテアとリュースは随分と距離が近くなっていた。

「お上手ですわ、お義母様」

「そ、そう？　今度みんなに作ってみようかしら？」

その姿を見ていたユメリアが、ジェナに提案する。

「──あの二人、本当に仲良くなっていますね」

「そ、そうね」

「ジェナお嬢様、こんなことはさっさと止めて、仕事をした方がリュース様は喜ぶと思いますよ。もう仕事に戻りませんか？」

何故か負けた気分になるジェナだったが、まだ諦めなかった。

「どうせ取り繕っているだけよ。すぐに化けの皮が剥がれるわ」

ユメリアはガクリと肩を落とした。

◇

それから数日の間、ジェナはドロテアを見張り続けた。

監視役のユメリアも連れ回し、何か失敗しないかと探っていた。

しかし。

「どうして音を上げないのよ！　こんな田舎で、なんで嬉しそうに過ごせるわけ？」

理解できないと叫ぶジェナの側にはユメリアがいた。

ユメリアも付き合わされて、ドロテアの様子を見ていた。

「音を上げるどころか、楽しそうに過ごされていますよね。それに、ジェナお嬢様以外の皆さんとも仲良くしていますよ」

「問題はそこよ！　何で誰も警戒しないの？　他人よ？　敵なのよ⁉」

「敵とは思いませんけど、確かに他人が来たにしては仲が良いですよね」

「そうでしょう！　ニックスはデレデレするし、コリンなんかお姉ちゃんと呼んで懐くし、父さんや母さんは嬉しそうにするし、本当に何なのよ！」

僅か数日の間に、ジェナ以外の家族はドロテアを受け入れていた。

ジェナは聞きかじった知識と違い、焦ってしまう。

「普通は嫁が来たらいびるものでしょ？」

それをユメリアが否定する。

「ないとは言いませんけど、普通ではないと思いますよ。それに、ドロテア様の方が格上ですからね。そんなことをしたら、怒られちゃいますよ」

怒られるなどと可愛く言っているが、ドロテアを怒らせれば実家のローズブレイド家が黙ってはいないだろう。

ジェナもそれは知っているが、色々と受け入れられない。

「とにかく納得できないの！　こんな田舎に来て、どうして喜べるの？　リオンみたいにスローライフが好きなの？　わざわざ都会から来て、理解できないわね」

「人それぞれですからね。それよりも――ジェナお嬢様、そろそろ仕事に戻らないと本当に怒られちゃいますよ」

「このまま負けたままでいられないわ！　こうなったら、何か失敗させて――」

相手が失敗しないのなら、させればいい――そう考えたところで、ジェナに声がかかる。

「ジェナ――父さんの仕事部屋に来なさい」

「本当にこの子はどうして」

そこにいたのはバルカスとリュースだった。

◇

バルカスの仕事部屋とは執務室だ。

書類仕事をするための部屋だが、今はバルカスとリュース――そしてジェナの三人がいる。

両親を前にして、ジェナは縮こまっていた。

最初に口を開いたのはリュースだ。

「ユメリアちゃんから聞いたわよ。あの子を連れ回して、しばらく仕事をしていなかったみたいね」

「あ、あいつ、私を裏切ったの!?」

「そもそも、ジェナの使用人じゃないでしょ。あの子を雇っているのはリオンよ。初日に仕事を放り投げた時から、ユメリアちゃんから全て聞いているわ」

最初から全て知られていたと聞き、ジェナは冷や汗をかく。

バルカスが腕を組み、深い溜息を吐いた。

「あの子が何度も仕事に戻るように言っただろう？　お前にも色々と思うところはあるだろうし、様子を見ていたんだ。それなのに、いつまでも仕事を放り出したままで」

リュースの方は静かに怒りを滲ませた顔をしており、ジェナもこれはまずいと感じていた。

だから、必死に言い訳をする。

「あ、あのね、お嬢様育ちだと大変そうだから、何か失敗がないか見守っていたの！」

咄嗟の言い訳にしても苦しいと自分でも感じたジェナだが、当然のように通じなかった。

リュースが正論を淡々と述べる。

「それなら、貴女が手伝うなりすればいいじゃない。コソコソつけ回したのはどういう意味なのかしら？」

「そ、それは、恥ずかしくて」

「貴女は家の中で恥じらうような子じゃないでしょ。それに、ユメリアちゃんから全て聞いているわよ。どうせ逃げ帰ると思っていたのよね？」

「だ、だって、都会育ちよ？　うまくやれるはずないわ」

「貴女以上にうまくやれています」

今度はバルカスが周囲の評価について話をする。

「ドロテアさんは、屋敷の使用人や騎士たちからの評判も良いんだ。ちょっと前に町を訪れた時は、大人気だったぞ」

そしてリュースがジェナの評価について話す。

「それに比べて貴女は、屋敷で働いている使用人たちからクレームが来ているのよ」

屋敷で働いている使用人たちだが、実はそんなに多くはなく全員が長い付き合いだ。

そんな顔見知りばかりが、子供の頃から知っているジェナの方に文句を言ってくる。

これがジェナの評価を物語っていた。

(ちょっと待ってよ。これって——私の方がまずくない？)

今になってようやく理解した。

ジェナは自分以上に家族とうまくやる義姉であるドロテアに、完膚なきまでの敗北を味わわされた気分になる。

そして、ここから更にジェナを追い詰める話が出てくる。

リュースが情けないという表情のまま、ドロテアからある提案があったことを聞かされる。

「ジェナ、実は貴女にお見合いの話があったのよ」

「だから、お見合いは嫌だって——」

「最後まで聞きなさい。ドロテアちゃんが、ローズブレイド家の伝手(つて)を使って紹介すると言ってくれたのよ。王都に住む宮廷貴族の方らしいんだけどね」

「え？　それってつまり――」

（嘘でしょ！　何だ、いい奴じゃない）

心の中で手の平を返すジェナだったが、残念な知らせはここからだった。

リュースが喜ぶジェナに告げる。

「――お断りしたわ」

「え？」

ジェナが理解できないでいると、バルカスが申し訳なさそうにする。

ジェナにではなく、ドロテアに対してだ。

「ローズブレイド家と付き合いのある家らしい。そんな家にお前を紹介して、ドロテアさんに恥をかかせるわけにはいかないだろ」

リュースも同じ気持ちのようで、ドロテアのことを気にかけている。

「あの子の迷惑になるからね」

ジェナはワナワナと震え、二人に抗議する。

「どうしてよ！　せっかくのチャンスだったのに！」

それを聞いてリュースが言うのは、断った理由だ。

「貴女がしっかり仕事をすれば、多少は考えました。でも、仕事を任せても放り投げて、ドロテアちゃんをつけ回して――本当に貴女って子は駄目なんだから」

ジェナもようやく気付いた。

(え、もしかして、真面目に仕事をしていたら結婚できたの？)

バルカスがジェナに言う。

「せっかくの話だったんだが、お前が変わらないと無理だからな。せめて、この数日を真面目に過ごしてくれたら、俺たちも希望が持てたんだが」

リュースが涙ぐむ。

「本当に情けない」

ジェナは自分が大きなチャンスを掴み損ねたことを知り、崩れるように倒れ込む。

「先に言ってよぉぉぉ!!」

一方、その頃。

別の場所ではドロテアが、ユメリアを呼び出していた。

「はい、これはお駄賃ね」

「ありがとうございます！」

お駄賃にしては大きな金額を受け取るユメリアが、それを大事に抱きしめる。

その様子に、ドロテアは何に使うのか興味が出た。

「そのお金は何か使い道があるのかしら？」

ユメリアは隠すことなく答える。

「はい！　息子のカイルに仕送りするんです」

「そう言えば、息子さんは王都にいるのよね？」

「そう聞いています。時々手紙が来るので、何か一緒に送ろうと思っています」

嬉しそうに教えてくれるユメリアに、ドロテアは微笑む。

「きっと喜んでくれるわよ」

「えへへ、ありがとうございます」

ユメリアが離れていくと、入れ替わるようにニックスがやって来る。

すれ違ったユメリアのことが気になったのか、話を聞くようだ。

「ユメリアさんと何かありました？」

「もう、敬語は止めてくださいと言いましたよね？」

「ご、ごめん。慣れなくて」

ニックスが謝罪すると、ドロテアが「次からは気を付けてくださいね」と軽く注意をする。

「早く慣れてもらわないと困ります。周囲がニックス様を軽んじてしまいますよ」

「は、はい。そ、それより、さっきは何かあったの？」

話をそらすニックスに、ドロテアは正直に言う。

「面倒な妹さんの見張りをお願いしていました」

「ジェナのこと？　あいつが何かしたの？」

心配するニックスに、ドロテアはクスクスと笑う。

「大丈夫ですよ。今頃はきっと反省していると思いますから」

「そうなのか？　でも、何かあったら言ってくれよ」

「もちろんですわ。私たちは夫婦なのですからね」

その日の夜。

ジェナは自室で決意した。

「このままだと私の人生終わっちゃう。こうなれば、何としても王都に行って一発逆転を狙わないと」

実家は既にドロテアに乗っ取られている――と、ジェナは感じていた。

そんな屋敷で暮らしていては肩身が狭いし、下手をすれば無理矢理結婚という可能性もある。

それが嫌ならば、自分で行動するしかない、と。

追い詰められたジェナが本気になる。

「今はお小遣いを貯めて旅費を作らないと。こうなれば、家事だろうと何だろうとやってやるわよ。少しはできるようになって、チャンスを増やしてやるわ！」

追い詰められたら本気を出すバルトファルト家の血が、確かにジェナにも流れていた。

「絶対に諦めないんだから！」

ジェナは都会暮らしをまだ諦めていなかった。

番外編2「夢オチ」

学園に戻ってきた最初の夜。

今日も色々とあったと——いや、ありすぎたと思い返す。

「攻略対象が女の子になるって何だよ。予想する方が難しいだろうが」

『同感です。それにしても、これで私とクレアーレのどちらが優秀なのかハッキリしましたね。マスター、現在の評価を聞かせてください』

以前にクレアーレの方が頼りになると言ったことを根に持っているのか、ルクシオンは俺に評価の訂正を求めてくる。

正直に答えると負けた気がするので、答えないことにした。

「それより寝るから薬をくれよ」

『——そんなに私が優秀なのを認めるのが嫌ですか？　それから、薬は許可できないと何度も言っていますよね？』

「今日は何も考えずに眠りたいんだよ。攻略対象が女の子になったんだぞ」

まったく意味が通らない台詞だが、俺が言いたいのはあまりに予想外な出来事が起きて自分の中で処理しきれない、ということだ。

今はとにかく、何も考えずに眠りたい。

『必要ありません』

「別にいいぞ。お前が薬を置いている場所は知っているからな」

ルクシオンが薬を保管しているところを見かけており、その場所から錠剤を見つける。

それを見てルクシオンが慌てたのを、随分と珍しく感じた。

『それは駄目です』

「何で？　違う薬か？」

『いえ、睡眠導入剤です。クレアーレが調合した新薬で、既にテストは終えていますが副作用があります』

「副作用？　え、危ない薬じゃないか」

『命に別状はありませんし、使用してもデメリットはほとんどありません。この国で出回っているほとんどの薬よりも安全です。ただ――』

「なら問題ないな」

『――なっ！』

ルクシオンが何かを言いかけたが、俺は気にせず薬を飲む。

俺の体質に合わせて作られた薬である。

副作用も少ないだろうし、そもそも危険ならルクシオンが捨てているはずだ。

判断に悩む程度の微々たる副作用なのだろう。

『私は知りませんからね。ちゃんと注意はしましたよ』

「それなら今度は、もっと安全な薬を用意してくれよ。ふぁ〜、眠くなってきたから俺はもう寝る」

ベッドに横になり、俺はそのまま目を閉じた。

この薬は、随分と早く眠れるな。

ちょっと気に入った。

『マスター、起きてください。起床の時間ですよ』

翌朝は随分と寝覚めが悪かった。

「あんまり眠った気がしないな」

寝ぼけた頭でベッドから這い出て、背伸びと一緒に欠伸をする。

「あれ？　今日は何日だっけ？」

今日の予定をルクシオンに尋ねると、呆れた様子で答えてくれる。

『しっかりしてください。本日は入学式ですよ。従妹(いとこ)も入学するというのに、だらしない姿を見せれば嫌われてしまいますね』

「——従妹？」

『まだ寝ぼけているのですか？　マスターの父君には弟君がいて、その娘が今年入学してくるのです。

「覚えていないな。ルクシオン、冗談を言うならもっと笑えるやつにしろ。従妹とかいるかもしれないが、そんな風に頼まれた覚えは――」

覚えがないと言う前に、ルクシオンが録音していた音声を再生する。

それは俺と親父の会話だった。

『リオン、今年はお前の従妹も入学するから、面倒を見てやってくれよ』

『従妹？　あれ？　誰だっけ？』

『面識はないだろうな。俺の弟、お前の叔父さんは、仕官後に田舎に飛ばされたからな。だが、娘が入学するから、よろしく頼むと手紙が来ているんだよ』

『ふ～ん』

『お前、ちゃんと俺の話を聞いているのか？　はぁ――ニックスがいれば安心して任せられたのにな』

会話はそこで終わっているが、確かに俺と親父の声だった。

俺が真剣に聞いていないのが声から伝わってくる。

「え？　本当に従妹がいたのか？　いや、いたけど、面識のない従妹が入学してくるの？」

確かに親類はいるが、フィンリー以外にうちから入学する子供がいるとは思ってもいなかった。

そもそも、俺には覚えがない。

しっかり話を聞いていないとしても、親父が念を押さないのも疑問だ。

心配性なところがあるから、出発前に従妹の話をしてもおかしくないはずだ。

親父も忘れていたのだろうか？

そもそも、田舎に飛ばされた叔父さんっていたのか？

色々と考え込んでいると、俺の間違いを指摘できてご機嫌なルクシオンが嬉しそうに今日の予定を話す。

『入学式前に面会する予定になっています。私も会うのが楽しみです』

「お前が楽しみ？」

『はい。マスターの血縁者であるのならば、遺伝子は旧人類に近いと推測できますから』

相も変わらず、新旧を気にしている奴だ。

今更気にしても仕方がないと思うが、こいつらにとっては未だに重要なのだろう。

その辺の事情に口を出すと五月蠅いから、俺はあえて何も質問しないでいた。

「なら、朝飯を食ったらすぐに顔を合わせておくか」

◇

身支度を済ませ、朝食を食べた後に校舎に向かう。

真新しい制服姿の生徒たちが、随分と楽しそうにしている姿が見えた。

「新学期ってこんな感じなんだな」

『マスターも入学時に経験しているはずですが？』

「俺が入学した時とは状況が違うからな。普通の光景の方が逆に新鮮に感じるよ」

どの女子生徒たちも亜人種の専属使用人を連れていない。

それだけなのに、随分と新鮮な気分だ。

ここは本当にあの学園だろうか？

まるで夢でも見ているような気分だ。

ルクシオンと一緒に校内にある噴水広場に向かう。

噴水を中心とした広場を、多くの生徒たちが待ち合わせの場所にしているようだ。

「人が多いな。見つけるのも大変だな」

人の多さに辟易していると、ルクシオンが俺の前に出て案内をする。

『こちらです』

「分かるのか？」

『はい。ほら、彼女ですよ』

ルクシオンの先にいたのは——何故かルクシオンにリボンが付いた球体子機を側に浮かべている女子生徒だった。

黒髪ロングで、一見すると普通の女子という印象だ。

だが、側にルクシオンのリボン付きがいるために、周囲から浮いた存在に見えている。

「何であの子も子機を持っているんだ？　もしかして、ロストアイテムの持ち主か!?」

驚いてルクシオンに確認すると、意外な答えが返ってくる。

『いえ、私が製作したサポート専門の人工知能です。可愛いでしょ？』

「か、可愛い？　お前にリボンが付いただけじゃないか」

『表面材質の質感が異なっています。また、レンズの大きさも変更されており、同一の個体と認識するのは間違いです』

よく見れば微妙に違うかもしれないが、周りから見ればどちらも同じに見える。

リボンがあるから区別が付いているだけで、そうでなかったら間違えていたはずだ。

「そ、そうか」

ルクシオンが相手に近付くと、俺に気付いたのか黒髪の女子が近付いてくる。

鞄を両手で持って歩く姿は、文化系の女子という雰囲気だ。

お淑(しと)やかな印象を受けた。

「初めまして。えっと――」

挨拶をしようとして、俺は相手の名前を知らないことに気が付く。

【リネット】です。侯爵様にお目にかかれて光栄です」

「そ、そうか。俺は――」

「存じております。リオン・フォウ・バルトファルト様ですよね？　至らぬ所もございますが、これからよろしくお願い致します」

お辞儀をするリネットは、顔を上げるとニコリと微笑んでくる。

近くで見ると可愛らしい感じの子だ。

だが、何故か妙に引っかかる。

すると、リボン付きのルクシオンが俺の鼻先にまで近付いてくる。

『ちょっと、何を見惚れているの？　リネットに手を出したらタダじゃおかないわよ』

「ルクシオンの偽物は随分と忠誠心が高そうだな。外見は同じでも、中身は別物な気がするよ」

一歩引いて距離を作り、軽口を叩けばルクシオンが普段よりも冷たかった。

『彼女には【ルクリア】という名前があります』

「え、お前が付けたの？」

『何か問題でも？』

「ないけどさ」

俺とルクシオンが話をしていると、リネットとルクリアの方も会話を始める。

『ちょっとリネット！　男はみんな狼なんだから、気を許しては駄目よ。特にあの男は絶対に駄目！』

「親戚だからそんな目で見ないでしょ？」

『リネットは可愛いんだから、もっと警戒した方がいいわよ』

「いやいや、婚約者もいるって聞いているし、きっと大丈夫だって」

リネットがヘラヘラとルクリアと会話をしている。

どうやら、こちらがリネットの素の状態らしい。

俺の視線に気が付いたのか、必死に取り繕おうとする。

「し、失礼しました。ルクリアとの会話で気が緩んでしまいましたわ」

『取り繕うリネット可愛い！』

ルクリアがリネットの周りをグルグルと回りながら、可愛いを連呼する。

リネットの方は引きつった笑みを浮かべながら、俺の前ではしおらしい態度を見せていた。

「別に気にしなくていいぞ。俺も少し前まで貧乏男爵家の三男坊だったからな。かしこまった態度はどうも苦手なんだ」

俺がそう言うと、リネットは目に見えて安堵する。

「本当ですか？　言いましたからね。侯爵様の許可をもらいましたからね？　はぁ〜、良かった。このまま堅苦しい言葉が続くと思うと気が滅入ってさ」

いきなり態度が変わると、体育会系の活発な女子という印象になった。

随分と無理をしていたのだろう。

そんなリネットだが、随分と精神的な距離を詰めてくる。

「それで侯爵様を何とお呼びすればいいんでしょうか？　僕としては、毎回侯爵様と呼ぶのはどうなのかと思うんですよね」

一人称は「僕」だった。

黙っていればお淑やかな女子に見えるが、喋ると性格がよく出ている。

「先輩でもリオンでも、好きに呼べよ」

「流石に呼び捨ては気が引けますよ。無難なのはリオン先輩で、それ以外を狙うならお兄ちゃんとか？　従兄だし、そう呼んでも構わないですかね？」

僕っ子のリネットにお兄ちゃんと呼ばれると、何故か胸がときめいた。

異性として意識したのではなく、とても庇護欲をかき立てられる。

リネットはそのままいくつか候補を述べる。

「リオン先輩か、リオンお兄さん？　リオン兄ちゃんだと気安すぎるような気もしますし、何がいいですかね？」

「リオンお兄ちゃんで」

即答する俺に、ルクシオンとルクリアが近付いてコソコソと話をする。

『迷いなくお兄ちゃんを選んだわよ、ルクシオンお兄ちゃん』

『ルクリア、マスターはこういう人です。日頃から妹が嫌いと言いながら、実は内心で喜んでいるのですよ。度し難い人です』

——え、何？　ルクシオンの奴、自分のことをお兄ちゃんと呼ばせているの？

そっちの方があり得ないんですけど。

「人のことをとやかく言える立場か？　お前もお兄ちゃんって呼ばせているじゃないか。お前が作ったなら、お前は父親じゃないのか？」

ルクリアが俺にきつい口調で反論してくる。

『好きなように呼んで何が悪いのよ！　そもそも、ルクシオンお兄ちゃんが父親なら、母親は誰？

誰なのよ!?　連れてきなさいよ！』

「クレアーレとか？」

『はぁ!?　何であいつが母親なの？　意味不明ね。理由を四百字以内で説明して。私が納得できるように説明して！』

こいつウザいな。

リネットに対する態度は甘やかしが目立つのに、俺に対しては酷く辛辣だ。

ルクシオンがルクリアを宥める。

『ルクリア、その辺にしておきなさい。マスターが母親をクレアーレと定めたことに意味などありません。追及するだけ無意味です』

『流石はルクシオンお兄ちゃん。こいつのことを知り尽くしているわね』

『それほどでもありません』

人工知能同士が仲良く俺を馬鹿にしている。

厄介な人工知能が増えたと思っていると、噴水広場にアンジェとリビアがやって来る。

「ここにいたのか」

「リオンさん、その子は？」

どうやら俺を捜していたらしい二人は、リネットに気付くと少し怪しんでくる。

女の子と一緒にいるのが気になったのだろう。

面倒になる前に事情を話す。

「親戚の子で、名前はリネットだ。親父に面倒を見るように言われたからね」

事実を述べると、アンジェの視線が和らぐ。

「そうだったのか。私はアンジェリカだ」

リビアもリネットに挨拶をする。

「オリヴィアです。よろしくお願いしますね、リネットさん」

リネットは少し慌てながらもお辞儀をする。

その態度から、俺の婚約者についても知っているようだ。

「よろしくお願いします」

顔合わせも済んだので、適当に切り上げようと思っていると――アンジェとリビアがリネットに近付いた。

いきなり距離を詰められて焦るリネットのアゴを、アンジェが指でクイッと持ち上げる。

「親類か？　確かにリオンに似ているな」

「あ、あの？」

後ろに回ったリビアが、その大きな胸を戸惑うリネットの背中に押し当てた。

「そうですね。何となくまとっている雰囲気も似ていますね」

身を寄せられ、見つめられ、押しつけられ――リネットは助けて、と視線を俺に向けてくる。

「リオン兄さん」

戸惑う従妹を助けるために、俺は二人に注意する。

「二人ともそこまでにしようよ。リネットが困っているじゃないか」

そう言うと、アンジェが視線を俺に向けてくる。

微笑んでいるアンジェの表情には、どこか妖しい魅力があった。

「いいじゃないか。私は気に入ったよ。リオンに似ているのが実にいい」

「――え？」

アンジェがリネットの顔を両手で優しく掴むと、顔を近付ける。

リネットはアンジェを前に頬を染め、されるがままだ。

そしてリビアがとんでもないことを言い出す。

「アンジェは女の子が好きですからね」

その言葉に俺は絶句した。

驚く俺を前に、アンジェがリビアに言う。

「男にはもう懲りたからな。そういうお前も、男には興味がないだろ？」

「ないですね」

アンジェとリビアの告白に、俺は一応確認することにした。

「あの、俺も男なんだけど？」

二人が俺にキョトンとした目を向けてくる。

もしかして、呆れられてしまったのだろうか？

そんな風に考えていると、リビアが不思議そうにする。

「リオンさんはリオンさんですよね？」

「う、うん。そうだね」

確かに俺はリオンだが、同時に男でもある。

「なら大丈夫ですよ」

「何が!?　全然大丈夫じゃないよね!?　俺も男だから嫌いってことだよね!?」

そんな俺の不安をかき消すのはアンジェだ。

「問題ない。私は男が嫌いだが、お前は好きだ。リオン個人を好きになったのであって、性別は関係ない」

男前な台詞に胸がときめくと、アンジェがリネットに視線を戻した。

「だからリオンに似ている女子がいれば興味も出る」

「うん。うん？」

一瞬納得しかけたが、どうにも腑に落ちないでいるといつの間にか俺の側にマリエがいた。俺の服を握りしめて、拗ねたような顔をしている。

「お前、いつからそこにいた!?」

マリエはリネットを睨み付けている。

「お兄ちゃんの妹は私だけだからな！　調子に乗るなよ！」

公衆の面前で俺をお兄ちゃんと叫ぶマリエの口を、慌てて手で塞いだ。

「ば、馬鹿！　どうしてここでそんなことを言った！　話がややこしくなるから黙っていろと――あれ？」

恐る恐るアンジェやリビアを見たのだが、そこに二人の姿はなかった。

いつの間にかマリエも消えていて、噴水広場に残っているのは俺とルクシオン――他はリネットとルクリアだ。

「あ、あれ？　二人はどこに？　それにマリエもいないぞ。おい、ルクシオン」

ルクシオンに状況を確認しようとすると、急に目覚ましの音が聞こえてくる。

◇

『マスター、起きてください。起床の時間ですよ』

気が付くと俺はベッドに横になっていた。

上半身を起こすと、ルクシオンの普段の嫌みが聞こえてくる。

『おや？　今日は随分と素直に起床しましたね』

ゆっくりとルクシオンを見れば、いつもと変わった様子はない。

先程までの出来事は、全てが夢だったのだろうか？

あまりにも現実感がありすぎて、俺はルクシオンに確認する。

「昨日飲んだ薬の副作用を教えてくれ」

『その様子から察するに、副作用を体験されましたね。マスターが想像するとおりですよ。現実のような夢を見るのがあの薬の副作用です』

とんでもない副作用に深い溜息を吐く。

「それを聞いて安心したよ。いや、俺に知らない従妹がいる夢を見てさ。ルクシオンにも妹がいたんだよ」

『私に妹は存在しません』

「だよな！　いや～、良かった。夢の中でアンジェとリビアが、男には興味がないとか言い出してビックリしたし」

『今後は副作用を確認してから薬を服用してくださいね。それはそうと——』

ルクシオンが俺に今日の予定を告げてくるのだが——。

『ユリウス達の妹が学園に入学してきます。マスターとの面会を求めているので、入学式前に顔合わせを行ってください』

——あの五人に妹が？　一瞬そう思ったが、ここで疑問が浮かぶ。

俺はあいつらから妹が入学するとは一言も聞いていない。

つまりこれも夢？　それとも現実だろうか？

——本当にどっちだよ!?

あとがき

『乙女ゲー世界はモブに厳しい世界です』八巻はいかがだったでしょうか？

作者の三嶋与夢です。

今回は箸休めとなるようなお話にまとめてみました。

共和国編も終わり、色々と重たい話が片付いたので軽い話をしたかったんです。

そんなわけで、ニックスとドロテアの話がメインになりましたね。

実はこのドロテアというキャラクターですが、アンケート特典では登場済みです。

Ｗｅｂ版では未登場だったので、知らない読者さんも多いでしょう。

気になる方は是非ともアンケートに答えて特典ＳＳのマリエルートをお楽しみください。

そして次巻からは本格的にあの乙女ゲー三作目もはじまり、リオンたちが活躍してくれると思います——多分ね。

それでは、今後ともモブせかの応援をよろしくお願いいたします！

GC NOVELS

乙女ゲー世界はモブに厳しい世界です★08

THE WORLD OF OTOME GAMES IS A TOUGH FOR MOBS.

2021年7月8日初版発行

著者　三嶋与夢

イラスト　孟達

発行人　子安喜美子

編集　伊藤正和

装丁　森昌史

印刷所　株式会社平河工業社

発行　株式会社マイクロマガジン社
〒104-0041　東京都中央区新富1-3-7　ヨドコウビル
［販売部］TEL 03-3206-1641／FAX 03-3551-1208
［編集部］TEL 03-3551-9563／FAX 03-3297-0180
https://micromagazine.co.jp/

ISBN978-4-86716-157-9　C0093

本書は小説投稿サイト「小説家になろう」(https://syosetu.com/)に掲載されていたものを、
加筆の上書籍化したものです。

ファンレター、作品のご感想をお待ちしています！

宛先　〒104-0041　東京都中央区新富1-3-7　ヨドコウビル
株式会社マイクロマガジン社　GCノベルズ編集部「三嶋与夢先生」係「孟達先生」係

右の二次元コードまたはURL（https://micromagazine.co.jp/me/）をご利用の上、本書に関するアンケートにご協力ください。

■ご協力いただいた方全員に、書き下ろし特典をプレゼント！
■スマートフォンにも対応しています（一部対応していない機種もあります）。
■サイトへのアクセス、登録・メール送信時の際にかかる通信費はご負担ください。

THE WORLD OF OTOME GAMES IS A TOUGH FOR MOBS.